AS
I
LAY
DYING

我弥留之际

[美] 威廉·福克纳 著

富强 译

WILLIAM
FAULKNER

北京联合出版公司
Beijing United Publishing Co.,Ltd.

图书在版编目（CIP）数据

我弥留之际 /（美）福克纳著；富强译 . —北京：北京联合出版公司，2013.1（2026.1 重印）

ISBN 978-7-5502-1265-7

Ⅰ.①我… Ⅱ.①福… ②富… Ⅲ.①长篇小说—美国—现代 Ⅳ.① I712.45

中国版本图书馆 CIP 数据核字 (2012) 第 310275 号

我弥留之际

作　　者：［美］福克纳
译　　者：富　强
出 品 人：赵红仕
责任编辑：张　萌
封面设计：吴黛君

北京联合出版公司出版
（北京市西城区德外大街83号楼9层 100088）
北京新华先锋出版科技有限公司发行
三河市中晟雅豪印务有限公司印刷　新华书店经销
字数165千字　620毫米×889毫米　1/16　16印张
2013年1月第1版　2026年1月第4次印刷
ISBN 978-7-5502-1265-7
定价：59.00元

CONTENTS

人物表 ————————————— 01

特　尔 ————————————— 001

可　拉 ————————————— 003

特　尔 ————————————— 007

朱埃尔 ————————————— 011

特　尔 ————————————— 013

可　拉 ————————————— 018

德威·特尔 ————————————— 022

塔　尔 ————————————— 024

埃　斯 ————————————— 030

特　尔 ————————————— 035

彼保第 ————————————— 037

特　尔 ————————————— 043

瓦塔曼 ————————————— 049

德威·特尔 ————————————— 054

瓦塔曼 ————————————— 061

塔　尔 ……………………………… 063

特　尔 ……………………………… 070

开　什 ……………………………… 076

瓦塔曼 ……………………………… 078

塔　尔 ……………………………… 079

特　尔 ……………………………… 088

开　什 ……………………………… 090

特　尔 ……………………………… 091

瓦塔曼 ……………………………… 093

特　尔 ……………………………… 095

埃　斯 ……………………………… 097

特　尔 ……………………………… 099

埃　斯 ……………………………… 101

塞姆森 ……………………………… 102

德威·特尔 …………………………… 110

塔　尔 ……………………………… 113

特　尔 ……………………………… 117

塔　尔 ……………………………… 126

特　尔 ……………………………… 130

瓦塔曼 ……………………………… 140

塔　尔 ……………………………… 142

特　尔 ……………………………… 146

开 什   155

可 拉   156

安 迪   159

惠特菲尔德   168

特 尔   171

阿姆斯蒂   174

瓦塔曼   184

穆斯里   187

特 尔   195

瓦塔曼   198

特 尔   199

瓦塔曼   201

特 尔   205

瓦塔曼   210

特 尔   213

开 什   219

彼保第   226

麦高恩   228

瓦塔曼   236

特 尔   239

德威·特尔   241

开 什   243

谨以本书献给哈尔·史密斯[*]

---

* 奥利弗·哈里森·史密斯（1888—1971）是福克纳女儿吉尔的教父，他曾创办史密斯·马哈斯公司。福克纳1929年到1936年的作品是在这家公司出版的。

人物表

埃斯·本德仑　　农民

安迪·本德仑　　埃斯的妻子

开什·本德仑　　埃斯家的长子

特尔（特瑞尔）·本德仑　　埃斯的次子

朱埃尔·本德仑　　埃斯的三子

德威·特尔·本德仑　　埃斯的女儿

瓦塔曼·本德仑　　埃斯的幼子

弗龙·塔尔　　农民，本德仑的邻乡

可拉·塔尔　　弗龙的妻子

凯特·塔尔　　弗龙的女儿

尤勒·塔尔　　弗龙的女儿

勒夫　　年轻农民，邻乡，德威·特尔的男友

彼保第　　医生

朗·奎科　　邻乡

小朗·奎科　　朗的儿子

阿姆斯蒂　　邻乡

茹拉·阿姆斯蒂　　阿姆斯蒂的妻子

惠特菲尔德　　牧师

贝利·凡纳　　邻乡，店主同时也是兽医

乔迪　　贝利的儿子

休斯顿　　邻乡

利德尔江　　邻乡

塞姆森　　店主

雷切尔·塞姆森　　塞姆森的妻子

斯图尔特·麦克特姆　　农民

尤斯特斯·格瑞姆　　斯洛普斯的帮工，这个斯洛普斯是野马贩子弗
莱姆·斯洛普斯的侄子

穆斯里　　药剂师，在穆德森镇上开了家药店

阿伯特　　药店伙计

警察局局长　　穆德森镇的警察局局长

杰利斯彼　　农民，在杰夫森郊外的路旁安的家

麦克·杰利斯彼　　杰利斯彼的儿子

斯基德·麦高恩　　杰夫森镇上一家药店的伙计

乔迪　　跟斯基德在同一药店的小伙计

长得像一只鸭子的女人　　本德仑的新太太

特　尔

　　我和朱埃尔两个人走出农田，在小路上前后走着。我走在他的前面，差不多隔着有十五英尺远，要是从棉花房里往外看的话，还是能够看得出来，朱埃尔的那顶已经有些破的旧草帽，比我的至少高一个头。

　　小路像一根用笔画出来的垂线一样往前延伸着，光滑的路面经过人们千百次的踩踏，在七月的烈日烘烤下，路面变得像砖头一样坚硬。在一排排绿油油的松过土壤的棉花中间，小路直接通向了棉花地里的棉花房，在棉花房前面拐了个弯，呈圆角四方形围了棉花房一圈，然后又笔直地穿过了棉花地。那也同样是脚踩出来的小路，但是已经看不太清了。

　　棉花房看上去四四方方的，搭建材料是比较粗的圆木，原先填充在木头之间的填料早就已经掉下来了。屋顶是单斜面的，已经有些残破了，在阳光的照射下，整个屋子就像一个人扭着身子蹲在地上，呈现出败落的迹象。屋子里面空空的，在前后的两面墙上分别开着一扇宽敞的大窗子，窗子正对着屋前屋后的小路。走到房子前面，我一转身沿着小路绕过了房子，而在我后面十五英尺远的朱埃尔却直直地盯着前面，一迈步就从窗子跨进了屋子里。他的眼睛一直看着前面，像两块灰白色的木头一样嵌在了木无表情的脸上。他走过屋子才用了四步,那动作就像呆立在雪茄店门口的木头印第安人一样僵硬。他的下身穿着有补丁的工作服,双腿灵活地跨过了后面的窗子,再次回到了小路上。这时我刚拐过弯来,我们又排成了一列,不过这次他在前面了,我们两个距离五英尺远,沿着小路往断崖底下走去。

泉水边停靠着塔尔的大车,车被拴在了栅栏上,缰绳盘绕着旁边座位的支架,车里面还有两把椅子。朱埃尔走到泉水旁边停下了,把水瓢从柳树枝上拿下来舀水喝。我超过他,走上了小路,开什锯木头的声音传到了我的耳朵里。

我到达小山顶的时候,他已经停止了锯木头的工作,正站在一堆碎木屑里拼两块木板。在旁边阴影的映衬下,木板看上去金灿灿的,就像发出柔和光芒的黄金一样。木板的两侧边缘有用锛子凿出来的平缓的波浪形痕迹,这无疑向人们证实了一点:开什这个年轻人确实是个好木匠。开什把两块木板拼成了木匣子的一个角,支靠在了架子上。然后他跪下去用眼睛瞄了下木板的边,然后又放下木板,拿起了锛子。挺不错的木匠!安迪·本德仑是没办法再找到一个更棒的木匠,来打造一副更满意的棺材了。这会让她感到自豪并心满意足。我继续往屋子的方向走着,背后传来了"咔哧""咔哧"的锛子凿木头的声音。

可 拉

昨天我省下了一些鸡蛋，然后烤了蛋糕，烤出来的蛋糕还真不错。我们养的那些鸡真是太让人感动了，它们在下蛋方面绝对称得上是优秀，虽然已经所剩不多了。是负鼠和其他的一些灾难减少了它们的数量，还有蛇，夏天的蛇闹得特别严重，它们会很麻利地把鸡窝弄得一塌糊涂。我要分外小心了，因为养鸡所消耗的成本已经远远超过了塔尔先生的预算，而我向塔尔先生保证，产出的鸡蛋一定会把所有的费用都赚回来，就是我这个保证才让塔尔先生最终决定养鸡。其实我们可以养一些品种比较次的鸡，不过那次劳温顿小姐①劝我养比较好的鸡，最后我答应她了。而且塔尔先生自己也说了，从远处着想的话，养那些好品种的牛和猪还是蛮划算的。

所以自从失去了大量的鸡以后，我们就再也不舍得自己吃鸡蛋了。是我的担保让塔尔先生决定养鸡的，我可不能让塔尔先生责备我。所以在劳温顿小姐向我提了蛋糕的事情以后，我就想到了主意，我们可以烤蛋糕赚钱啊。每次烤蛋糕赚的钱放到这群鸡的产出里，就相当于两只鸡的价值了。并且每一次我们都可以少放一个鸡蛋，

---

① 此人曾出现在福克纳的作品《村子》的初稿中，是一位向农民宣传农业科技的讲解员。

这样的话，摊到每个鸡蛋上的成本就降低了。

那个礼拜母鸡下了很多的蛋，不光有足够的用来卖的鸡蛋，还有了烤蛋糕的鸡蛋，剩下的鸡蛋都足够买面粉、糖和干柴的了。所以我昨天烤了蛋糕，我还从来没这么认真地做过一件事呢，结果烤出来的蛋糕还真不错。不过今天早上我进城之后，劳温顿小姐告诉我一个消息，说那位太太又改变主意了，不办晚会了。

凯特说："就算不办晚会了，她也应该把预订的蛋糕买下啊！"

我说："现在看来，这些蛋糕对她来说已经毫无价值了。唉！"

"那也要把蛋糕买下来啊，"凯特说，"那些城里的富婆们太容易变卦了，可是叫我们穷人家怎么跟得上变化啊！"

上帝不关注财富，他只关心人的内心。

"礼拜六我到集市上去，说不定可以卖掉。"我说着，心想这次蛋糕真的烤得很好。

"你的一个蛋糕连两块钱都卖不到。"凯特说。

我说："没关系的，本来就没花多少成本。"这些蛋糕没让我花一分钱，鸡蛋是节省下来的，面粉和糖是用鸡蛋换的，只用了十二个鸡蛋。塔尔先生也清楚的，我节省下来的鸡蛋比计划卖掉的还要多，这些鸡蛋就好像是捡来的或者是别人送的。

凯特说："可是她先前都已经跟你定好了，她应该把蛋糕买下来的。"上帝是能看到人的心里面去的，如果他认为，人们对诚信的看法可以不同，那么我就更加不能质疑他的意思了。

我说："我觉得，一开始她就用不到这些蛋糕。"其实这些蛋糕真的烤得挺棒的。

天非常热，但是她仍然把被子拉到了下巴的位置，只露出了两只手和一张脸。她把上半身靠在了枕头上，头高扬起来，这样她可以看得到窗外。当他手里舞动着锛子或者锯的时候，我们都能很清晰地听到。即使我们的耳朵都听不见了，就看她的表情，我们也能想象得出她的声音、她的举动。她的脸已经很瘦了，皮肤紧紧包裹着骨头，显露出一条条白色的痕迹。看着她的眼睛，我立马想到了那种点燃之后烛泪会滴到铁烛台孔隙里的蜡烛。但是，那永久的解脱和恩赐，依然没有降临在她的身上。

我说："这蛋糕还是挺不赖的，不过跟安迪以前烤的比起来简直差远了。"看到那只枕头套，你就能看得出那个女孩在洗衣、熨烫方面的技术了，那哪像样子啊！不过，这也许正好表现出她过于相信自己的女儿了，躺在那里任凭四个大男人还有一个野孩子似的闺女来伺候。

"这个地方还没有谁的烘烤技术能像安迪·本德仑那么好呢，要是她可以起来重新做蛋糕，我们的怕是一个都卖不了了。"我说。她整个人躺在被子下面，比一根棍子还要细，只有听到玉米袍床垫子的窸窣声，我们才能确定她还活着。就连她家姑娘在旁边给她用扇子扇风的时候，她脸颊上的头发也不会飘动。我们来看她的时候，她闺女还在不停地扇着，只是把扇子换了只手。

"她是不是睡着了？"凯特小声地问。

"她在看着窗户外面的开什。"女孩回答道。我们听到了外面有锯木板的声音，跟人打鼾的声音差不多。尤勒转了下身体，向窗户外面看去。在一顶红帽子的衬托下，她的那条项链看上去很漂亮，任谁也想不到，那是一条只值两毛五分钱的项链。

"她该把蛋糕买下来的。"凯特又说。

卖蛋糕的钱本来可以有大用处的，不过说实话，这些蛋糕并没有多少本钱，只是在烘烤上花了点功夫而已。我可以跟他这么说，每个人都难免有疏忽的；我还可以说，并不是每个人都能做事疏忽而又没有任何损失的；我甚至可以说，不是每个人都能出了问题之后把它们吃进肚子的。

特尔经过门厅走了过来，但是在经过房门的时候，他没有看里面。尤勒看到他过去了，之后就消失在了视线里。她抬起手，摸了摸她的珠子，然后按了两下自己的头发。之后她发觉我在看着她，她的眼睛就又变得没有一丝神情了。

特　尔

爹和弗龙在后面的走廊坐着，爹用大拇指和食指夹住嘴唇，拉向外面，然后把鼻烟盒盖子里的鼻烟倒进下嘴唇。我从走廊穿过，用水瓢在水桶里舀了些水喝。他们都回过头来看着我。

"朱埃尔呢？"爹问我。水在杉木水桶里放一会儿之后会好喝很多，我从小就发现这个秘密了。水凉丝丝的，但又有点温暖的感觉，夹杂着一股缥缈的香气，犹如七月里杉树林吹过的温热的风。水要在木桶里放六个小时以上才可以，而且喝水要用水瓢，用金属的东西喝是不行的。

如果在晚上喝的话，那就更好了。我是在门厅打地铺睡的，经常听着别人都睡着之后，就起来到水桶那儿去。周围一片漆黑，搁板也是黑黑的，没有一丝水纹的水面就像一个空旷的圆洞一样。当我不用勺子去搅动它时，或许可以看到水桶里的一颗或者两颗星星，在我没有把水喝下去的时候，偶尔也会在勺子里看到一颗或者两颗星星。在我长大几岁之后，我就等大家都睡着之后，把衬衫的下摆翻起来，就这样躺着。我听见他们都睡着了，我不去触摸自己，却清晰地感觉到自己的存在，感受着空寂的凉意拂过我的下面。我心里同时在想着，暗夜那边的开什，是不是也在这么做，或许他早就这样做了，在我还没有这样做的前两年里。

爹的脚是很严重的外八字，他的脚趾扭曲变形了，两个小脚趾已经长不出指甲来了。那是在他小时候，因为穿了自己家里做的粗皮靴，在湿地里干了太重的活才这样的。那双粗皮靴就在椅子旁边放着，就跟从生铁块里用斧子砍凿出来的一样。

弗龙到城里去过了，我还没有看到过他穿着工作服进城，大家都说那是因为他的妻子。他妻子之前也是在学校里教书的。

勺子里喝剩下的水被我泼到了地上，然后我用衣袖抹了抹嘴。要下雨了，明天天亮之前就会下的，或许天黑之前就下起来了。"在谷仓呢，给马套鞍子呢。"我说。

侍弄完那匹马，他还要从谷仓出来，到牧场那里去。然后那匹马转眼就不见了，一准是躲在松树苗圃林子里，在某个凉快的地方藏着呢。朱埃尔就会打一声口哨，声音很尖锐，只打一下就行。马就打个响鼻，然后朱埃尔就会看到它，在蓝色的暗影里闪动一下。朱埃尔再吹一下口哨，马就从斜坡上往下冲，四条腿看起来很僵硬，耳朵竖立起来，微微抖动着，那两只并不匀称的眼珠到处乱转。在跑出二十英尺之后它会突然站住，侧着身子，扭着头看着朱埃尔，就像一只调皮机灵的小猫一样。

"过来吧，伙计。"朱埃尔说话了。然后马儿就动了起来，像一团风一样，身上的毛都团簇成一绺一绺的，鬃毛看上去就像一朵朵飘然飞舞的火焰。马儿的鬃毛和尾巴不断舞动着，眼珠也连番转动，一跃之后冲了下来，然后突然就停下了，四条腿并拢站着，瞅着朱埃尔。朱埃尔两只手放在身体两边，健步走向它。如果不是朱埃尔的那两条腿，它们就跟阳光下的一尊粗犷的雕像一样了。

当朱埃尔即将触碰到马儿时，马儿后腿撑地，直立了起来，然后向着朱埃尔扑了过去。马蹄就好像幻境中的翅膀一样，立马就将朱埃尔包围在了迷幻之中。朱埃尔像一条有灵性的蛇一样，在马蹄和扬起的马胸脯之间摆动着。在马蹄即将踏上他的两条胳膊的那一刻，他的整个身体腾了起来，向后平躺着，犹如蛇一样地摆动起来。他抓住了马的鼻子，之后落到了地面。一人一马开始对峙起来，两边都不放松，马儿撑地的腿紧绷并颤抖着，头颅垂下去，向后挣扎着；朱埃尔用脚后跟顶着地面，一只手抓着马的鼻子，另一只手快速地拍打抚摸马的脖子，嘴里还不断飞出咒骂那匹马的粗话。

人和马就这样对峙着，好像时间也停下了脚步。马儿不停地颤抖，鼻子里发出呻唤的声音。朱埃尔突然翻身骑上了马背，那动作就像一条抖动起来的鞭子，他弯着身子一下就跃上了马背，在半空的时候身体就已经摆出了骑马的姿势。马儿低着头，四条腿又开站了一会儿，立刻又开始颠扑跳跃起来，那动作简直能让人的骨头散架。他们跑下了山坡，朱埃尔牢牢地粘在马背上，就像一条水蛭一样。跑到栅栏前面的时候，马儿猛地停下了步伐。

"好啦，折腾够了就给我消停会儿。"朱埃尔说。

进到谷仓里，马儿还没停下，朱埃尔就从马背上飘了下来，跟在马儿身边跑。走进马厩之后，朱埃尔在马儿后面跟着，马儿头都没回，便径直朝他踢了过来，蹄子踹在墙上的声音就跟开枪一样。朱埃尔往它的肚子上踢了一脚，马儿便咧开嘴，回过头来看。朱埃尔一拳打在了它的脸上，然后跳上了马槽，在上面站着。

朱埃尔抓着存放干草的架子，低着头看了看门口和马厩的上面。小路上什么都没有，就连开什锯木头的声音也传不到这里。他站了起来，匆忙地拽出来一堆干草按进马槽。

"赶紧吃吧，"朱埃尔说，"趁着你还能吃，让这些东西消失吧。这个只知道吃草又让人疼惜的浑蛋。"

朱埃尔

　　就是因为他离着窗户那么近，又凿又锯地做那该死的棺材。就在那儿，让她可以看得见，连呼吸都能吸进那凿和锯的声音，能看到他说"看啊"。看啊，看我给你做的棺材多棒啊。我跟他说过了，让他到其他地方去做。我对上帝说，你怎么忍心看着她躺在那里。就像他还是个小孩子的时候，她说如果她有肥料的话，就尝试去种些花，之后他就跑到马厩里去，用烤面包的平底锅装回来满满的一锅马粪。

　　这个时候，别的人都在那里坐着，就像一只只秃鹰，他们边等边用扇子给自己扇风。我之前说过，你不要老是又凿又锯的，弄得别人都睡不着觉。看看她摊放在被子上的两只手，跟在地里面挖出来的根一样，即使想洗也无法把它们洗得干净。那把扇子就在我的视线里，还有德威·特尔的胳膊。我之前就说了，你们就让她安安静静地待着吧。那些凿凿锯锯的动作让她脸上的空气流动得那么快，她已经很累了，怎么还有力气把空气吸进去。包括那把该诅咒的锛子，老是差那么一下，差那么一下，差那么一下，让过往的人都得停下来观看，赞扬他是个多优秀的木匠。假如是我而不是开什从教堂上摔下来，是我而不是爹被那车掉下来的木头压倒，那该有多好，那样就不会把县里所有的人都吸引到这里来，让那帮浑蛋瞪大眼睛瞧着她。假如真有上帝的话，那他到底要做什么啊？真想她跟我爬到一座高高的山坡上，让我把石头从山上滚下去，去砸他们的脸；让我把石子扔下山去，砸他们的脸、牙齿还有其他的地方。就这样，直到她觉得清静了。也不会再有那恨人的锛子，总是差那么一下，差那么一下，我们的耳朵也不会再遭罪了。

特　尔

他从屋子旁边绕过来，上了台阶。我们都看着他，不过他并没有看我们。

他说道："你们都做好准备了？"

我说："就等着你套牲口了。"然后我又说："先等一下。"

他停了下来，看着爹。弗龙的身体没有一丝晃动，他吐了一口痰，丝毫不差地吐在了走廊下边布满坑洼的土里面。爹的两只手磨蹭着膝盖，动作很缓慢。他望向远处，视线穿越了断崖顶和田野。朱埃尔看着他，过了一会儿，又到水桶那里去喝水了。

"和其他人一样，我十分讨厌拿不定主意。"爹说。

"可以有三块钱到手呢！"我说。

爹后背上隆起的地方衬衫颜色很淡，比其他地方的要淡许多。他的衬衫上看不到出汗的痕迹，我也从来没有看到过他的衬衫上有出汗的痕迹。在他二十二岁的时候，有一次他在烤人的日头下面干活时犯病了，之后他就总是跟别人说，如果让他出汗他肯定会死掉的。我猜想，他自己都已经相信这种说法了。

"但是她会失望的，"他说，"如果你们不能在她倒下之前赶回来的话。"

弗龙又往土里面吐了一口痰。不过没关系，反正在明天天亮之前就要下雨了。

"她心里记挂着呢，恨不能马上就能办这件事。"爹说，"我了解她的脾气，她一直记挂着呢。我答应过她，要准备好拉大车的牲口等着。"

"那就更应该把那三块钱拿到手了！"我说。爹的两只手在膝盖上磨蹭着，视线又穿越了田野。他吸鼻烟的时候嘴巴就会陷进去，自从他的牙齿脱落之后就这样。下巴上的胡子茬让他的下半张脸看上去跟一只老狗一样。

我说："最好还是快点定下来吧，好让我们能赶在天黑以前到那里装一车货。"

"不要再说了，特尔，"朱埃尔说，"妈的病还没有这么严重呢！"

"说得没错，"弗龙说，"这一个礼拜里，她今天的精神是最好的。等朱埃尔跟你都回来以后，她都能坐起来了。"

"你倒是蛮清楚的啊，"朱埃尔说，"你跟你们一家人，来得也算够勤快的。"弗龙瞪大了眼睛，盯着他看。朱埃尔的眼睛像是惨白的木头一样，镶嵌在那张充血的脸上。他的个子一直比我们所有人都高，要高出一个头左右。我告诉过大家，就是因为这样，他从妈妈那里得到的责打和疼爱，比其他每个人都多。因为他总是在屋子周围晃荡，身体又十分单薄，所以妈妈就给他起名叫朱埃尔[①]，我跟每个人都说过。

"不要再说了，朱埃尔。"爹说着，双手还在磨蹭着膝盖，视线

[①] 朱埃尔这个词来自拉丁语，是"宝石"的意思。

依然在原野之外，好像他并没有仔细听着别人说话。

"如果她不能等到我们回来，"我说，"那你就先借用一下弗龙的牲口，我们可以赶得上的。"

"哎，你就别说那么多没用的了。"朱埃尔说。

"她只想用我们自己的车啊，"爹边说边磨蹭着自己的膝盖，"这是最让人头疼的了。"

"就那么躺着看开什做那口破……"朱埃尔的口气显得那么凶恶，但是并没有说出最后两个字。就跟黑暗中想要展现一下自己勇气的小男孩一样，大声的喊叫没有吓到别人，反倒把自己吓住，不敢吭气了。

"是她自己坚持那么干的，"爹说，"就像她坚持要用自己家的大车一个样。自己人做的好棺材，她知道是自己家里的东西，也就能安心地躺在里面了。你们也都知道，她向来喜欢用自己家里的东西。"

"那也好，就用自己人做，"朱埃尔说，"但是，我们没办法知道什么时候……"他用两只像木头一样惨白的眼睛注视着爹的后脑勺。

"不会有问题的，"弗龙说道，"她会等到你们把所有事情都办理完的。她能等到所有的东西都准备好，直到最后那一刻。现在路又非常好走，你们送她到城里不会花费多长时间的。"

"看样子要下雨啊，"爹说，"我的运气不太好，一直就没有好过。"他的手还在摩挲着膝盖。"都是那个该死的大夫，他不一定什么时候能来呢，很晚的时候我才让人带口信让他过来。如果他明天才过来，跟她说时间已经到了，那她肯定不会愿意等的。我很清楚她的脾气，不管大车在不在这儿，她都不会去等的。不过那样她就会感觉很难受，我可不愿让她感到难受，就算付出再多也不愿意。她娘家的亲人们都躺在墓地里等着她呢，那片墓地在杰夫森，我想她不会愿意等下去的。我曾经亲口答应她，我跟孩子们要把骡子赶到最快，把她送到那儿去，让她能安静地躺到那里。"他又把手放到膝盖上摩挲，"这可是最让人头疼的了。"

"好像每个人都着急着想把她送到那里，"朱埃尔的声音粗犷而又刺耳，"开什一天天地又凿又锯，在她的窗户底下，做那只——"

"那也是她的主意啊，"爹说，"你根本就不关心她，对她连一点感情都没有，你一直都没有。我们不愿意欠任何一个人的情，我这样，你妈也这样，我们谁的情都不愿意欠。她知道是她自己的孩子在锯木头钉钉子，才会走得更安心一些。她一直都是这样，把自己的事情打理得井井有条。"

"拉一车货我们就能拿三块钱，"我说，"到底让不让我们去拉啊？"爹又开始磨蹭膝盖。"明天太阳落山之前，我们肯定就能回来了。"

"这……"爹的头发像一团乱麻，嘴唇慢慢蠕动，嚼着嘴里的鼻烟，视线又越过了田野。

"赶快决定啊！"朱埃尔说。他从台阶上走了下去，弗龙又脆生生地往土里面吐了一口痰。

"那你们在太阳落山之前必须赶回来，"爹说，"我不想让她等太久。"

朱埃尔转过头瞅了一眼，然后就朝前走，绕过了屋子。我走到门厅里，还没打开房门就听到了一阵敲敲打打的声音。我们的屋子依着山的形状，稍微有些向下倾斜，所以老是有阵阵的微风从门厅里斜着往上吹过来。如果一片羽毛掉到了前门那里，就会飘浮到天花板上，沿着天花板斜着往后面飘，最后被门口那股空气给拉进去。就连声音也一样，一到门厅那里，就好像听到有说话的声音，从头顶上传过来。

可　拉

　　我从来没见过这么让人感动的事。似乎他知道自己无法再看到母亲了，似乎埃斯·本德仑正赶着他离开母亲弥留之际的那张床，让他这辈子也不能再见到她。我一直就说特尔跟别人是不同的，在他们几个里面，只有他的性格跟母亲的最像，也只有他还有那么些人的感情。那个朱埃尔显然就不是这样的，虽然怀朱埃尔是让她最辛苦的，她对朱埃尔也最疼爱最亲昵，但是朱埃尔要么就是使性子，要么就是乱发脾气，还想出了那么多耍母亲的恶作剧。后来我实在是忍不住了，只好经常给他出些难题。朱埃尔肯定不会来跟母亲道别，那样他会失去赚三块钱的机会，他可不会因为和母亲吻别而放弃那三块钱。他纯粹就是那个本德仑，对什么人什么事都漠不关心，没有任何感情，费尽心力去思索的只是如何能用最小的代价去得到一样东西。塔尔先生说，特尔乞求他们再等一等，为了求他们不要在母亲这个样子的时候赶他离开，差点就给他们跪下了。但是无论如何都不管用，埃斯和朱埃尔一定要去赚那三块钱。只要是了解埃斯的人，都不会对他抱任何幻想，他是不会有其他意见的。但是那个孩子呢，朱埃尔，他可是完完全全地背叛了他的母亲，背叛了母亲对他赤裸的宠爱和无私的奉献。他们是瞒不过我的。塔尔先生还说本德仑太太最不喜欢的就是朱埃尔了，但是我非常明白，她最宠爱的就是他，爱他身上所具有的那种气质。就是因为有同样的气质，她才能容忍得下埃斯·本德仑。依着塔尔先生的意思，她本来是应该把埃斯·本德仑毒死的——就为了那三块钱，朱埃尔就宁愿放弃在母亲临终时与她吻别的权利。

唉，在这三个礼拜里，我只要一有时间就到这里来，就连不应该来的时候也来了。自己的事情和自己的家都被我放在一边了，就是想让她在临走之前能有个人陪着，不会在最后一刻都看不到一张熟悉的脸。我不是说自己有多么多么伟大，只是我自己到了这个样子的时候，我也希望能有人陪伴着我。不过我希望陪着我的是我自己的家人，我自己的孩子，这一点要祈求上帝保佑。我的丈夫和孩子们都很爱我，我觉得我比多数人都要幸福得多，虽然有的时候他们也让人着急。

她只是一个普通的家庭主妇，却要承受孤独，又要装出很自豪的样子，显得自己的生活十分美满幸福，还要掩饰他们都在让她痛苦的真相。想也能想得到啊，她的身体在棺材里还没变凉呢，就要被他们装到大车上，然后拉到四十英里以外的地方去埋掉。他们竟然还不把她和本德仑家的人葬在一起，简直就是在违抗上帝的旨意嘛！

"但是，那是她自己的意思，"塔尔先生说，"是她自己想要和娘家的人葬在一起的。"

"那活着的时候她干吗不去啊？"我说，"没有人会阻挡她的，包括她那个小儿子在内。马上他也就要长大了，指定会跟那几个人一样，变得利欲熏心、没有丝毫感情。"

"是她自己要那么做的，"塔尔先生说，"埃斯是这么跟我说的。"

"你当然会相信埃斯的话，"我说，"也就像你这样的男人才会相信他的话，别以为我也会相信。"

"有时候我还是比较相信他的，"塔尔先生说，"因为有的事就算他不跟我说，也不会从我身上得到什么好处。"

"别打算让我也相信，"我说，"女人就应该跟丈夫孩子待在一起，不管是死了还是活着，这是女人应该做的。难不成你想让我在临死的时候还回到亚勒帕马州去，把你和闺女们都留在这儿？我们不是发过誓了吗？我们要同享福、共患难，一生不变的。"

"不是每个人都一样的。"塔尔先生说。

其实一直都是这样的。我正正经经地为人处世，遵照着上帝和正常的人们的准则，这都是为了我那以基督教为信仰的丈夫的名誉和健康，还有我那以基督教为信仰的孩子们的自尊和爱心。这样的话，当我知道自己期限临近，躺在临别的床上的时候，我就能看到陪伴在我周围的那一张张满是爱的脸，我就能把亲人们送给我的吻别，融入到爱里面去，而不会跟安迪·本德仑一样，把自豪与伤痛深藏心底，孤孤单单地死去。我在见到上帝的时候，一定会是满心欢喜的。看她那个样子，躺在床上，支楞着脑袋，盯着开什做棺材，那样子就好像开什会偷奸耍滑一样。那些男人什么事都不管，就关心下了雨会不会过不了河，然后抓紧时间去赚那三块钱。如果他们还没有确定要去再拉一车货，或许就会把她用被子裹起来，丢在大车上，拉过河去，然后就让她在那边等死了。他们这个样子待她，怎么还能算是遵从基督教礼仪？

就特尔跟他们不是一路的，这也算是我见过的最让我感动的事情了。每当我短暂地对人类情感有些绝望的时候，上帝都会向我展示那无比高贵的爱，让我重新对这个世间充满了信心。不过朱埃尔就不同了，他一心就想着怎么赚那三块钱，尽管他始终受到她的宠爱。也就特尔跟他们是不同的，尽管大家都说他比埃斯好不到哪儿去，整天懒懒散散，到处逛荡，脾气还有些怪。开什这个木匠还是挺好的，一直忙着造这个修那个的。朱埃尔就没闲着，老是要么捞点外快，要么惹几句闲话。再就是那个差不多跟没穿衣服一样的闺女，总是站在安迪旁边给她扇扇子，只要一有人想跟安迪说两句话，哄她开心开心，这个闺女就抢过话头帮她回答了，好像是存心不让别人靠近安迪。

特尔就不一样了，他在门口那里站着，望着他那只剩一口气的母亲。虽然他只是那么简单地望着，却让我再次感受到了上帝宽广无边的爱和悲悯。我终于明白了，安迪对朱埃尔的感情其实还是表面的，只有特尔跟她之间才有真正的爱和相互的理解。他就是那么简单地望着她，连房门都没有走进去，省得她看到了之后会伤心难过。埃斯正在催促着他，让他快点走，他知道这是看她的最后一眼了。他就这么望着她，什么也没有说。

"特尔，你想要什么啊？"德威·特尔说着，并没有停下手中扇动的扇子，她的话语很急促，似乎也不愿意让他走近。他并没有开口回答，只是站在那里静静看着奄奄一息的母亲，他的心里其实有很多话要说。

德威·特尔

那是我第一次和勒夫并排摘棉花时候的事了。爹因为有病而不能出汗，怕自己没了性命，所以大家都到我们家来帮忙干活。朱埃尔对这些漠不关心，他跟我们感情并不好，所以并不理会这些事情，他也不喜欢管这种事。开什只是低着头，把每个闷热、愁苦、难熬、发黄的白天，都花费在了钉钉子和锯木头上面。爹觉得街坊邻居之间就是该这样相互搭忙把手的。他一直在忙着叫别人来帮忙干活，因此他应该是不会发现的。我觉得特尔也不会发现，虽然他的人坐在了晚餐的餐桌旁边，但是他的目光却穿越了晚餐和灯，看到的只是自己脑子里正在刨挖的土地，还有远方的那些黑洞。

我们俩摘着棉花，并排走着，越来越靠近那片树林和幽暗的树荫了。我提着自己的棉花袋子，勒夫提着他自己的，并排往那片深深的幽暗的树荫摘过去，越来越靠近了。在棉花袋子只装满了一半的时候，我就问过自己了，到底是愿意呢，还是不愿意！于是我就跟我自己说了，如果摘到树林那儿的时候，我的棉花袋子已经满了，那我也没有办法了。我就觉得，要是上帝觉得我不应该这么做，那袋子就不会满了，我就得到另一行去摘棉花，但是如果袋子满了的话，那就不是我能左右的了。也就是我早晚得这么做，这不是我自己能决定的。我们往那片幽暗的树林摘了过去，两人的目光经常撞到一起，然后看看他的手，再看看我的手，我什么也没有说。我跟他说："你干什么啊？"他说："我把摘的棉花都放在你的袋子里。"所以当我们到了地头的时候，我的袋子已经满了，这我还能怎么办呢？

所以说，其实这不怪我。再后来，事情就那样发展下去了。当我见到特尔的时候才晓得，原来他已经都知道了。他并没有说出来，不过他表示他都知道了，就好像他没有说出来，我却明白了我妈快要走了那样。我知道他已经都知道了，因为如果他那么说了，我就不会相信他在那里看到了我们。不过他说他都知道了，我就跟他说："你想要告诉爹，并杀了他吗？"我没有说出口，但是我已经跟他说了。他就跟我说："没必要。"他也没有说出口。所以啊，我能心里面很明白地，也能充满愤恨地跟他说话，他心里面是很清楚的。

他在门口站着，看着妈妈。

"你想要干什么啊？"我问他。

"她快要走了。"他说。

这时候塔尔这个老秃鹰过来了，来看她有没有死，当然，我可以骗骗他们。

"她会在什么时候死？"我说。

"在我们回来以前。"他说。

"那你干吗要把朱埃尔带去啊？"我说。

"他得帮我装车。"他说。

塔　尔

埃斯总在不停地用手磨蹭他的膝盖。他的工作裤都褪了色了，其中一个膝盖上还打上了补丁，那块补丁是在他礼拜天穿的一条好裤子上面剪的，现在都已经磨得像一块光溜溜的铁皮了。

"不会再有人比我更厌烦这件事了。"他说。

"人应该想得长远一些的，"我说，"但是，哪一种办法都不会有任何损害的，无论是什么情况。"

"要是按她的意思办，"他说，"那现在就应该动身了，不管路多顺，杰夫森也还是挺远的。"

"不过，现在的路倒是不错。"我说。今天晚上一定会下雨的。他的亲人们都葬在了离这还不到三英里的纽霍普。他娶到的这么一个女人，到她的出生地，即使骑马的话，也得走上一天才行。不幸的是，她还在他之前死了。

他的视线越过田野，看向了远方，用手磨蹭着他的膝盖。"现在我是最烦的了。"他说。

"他们肯定会赶回来的，"我说，"还有不少时间呢，换作是我的话，我就一点也不着急。"

"这次能赚三块钱呢！"他说。

"也许不需要他们那么快就赶回来，"我说，"根本不需要，我希望是不需要的。"

"她马上要走了，"他说，"她已经想好了。"

说句实话，我们这样的生活，对于女人来说是非常辛苦的，至少对于一部分女人来说是这样的。我还记得我的妈妈活到了七十多岁。不管是晴天还是雨天，她都要下地干活，每天都去。自从生下了最后一个儿子，她就没有病倒过一次。直到那一天，她看上去有些奇怪，往四面看了看，又把那件在箱子底下放了有四十五年的、镶着花边的睡衣拿了出来，然后穿到了身上。之后她就到床上躺下，盖上被单，闭上眼睛。"你们要好好地照顾你们的爸爸啊，"她说，"我觉得累了。"

埃斯的两只手在膝盖上摩挲着。"赏赐者是耶和华。①"他说。屋子的角落那边传来了开什在锛凿和锯东西的声音。

说得没错，在人类的所有语言里，这句话是最正确的了。"赏赐者是耶和华。"我说。

他们的小儿子上了山坡，手里面提着的鱼跟他自己差不多高。他把鱼往地上一扔，又哼了一声，然后转过头去吐出一口痰，像个已经长大的男子汉一样。那条鱼都差不多跟他一样高了。

"那是什么啊？"我问他，"一头猪吗？你从哪里弄到的？"

"在桥那里。"说着，他把鱼翻了个身子，下面还湿的地方已经满是泥土了，眼睛上也盖上了一层土。在泥土里，它的身子打起了弯。

---

① 这句话出自《圣经·约伯记》，这里还有半句没有说出来，后半句是"收回者也是耶和华"。

"你想让它就这么躺在那儿吗？"埃斯说。

"我想拿给妈妈去看一看。"瓦塔曼说。他往门口看了过去，我们听到了门厅的风送过来的人说话的声音，夹杂着开什敲击木板的声音。"屋里面有别人。"他说。

"只有我们自己家里的人，"我说，"看到这条鱼，他们肯定也会很开心的。"

他不再说话，只是往门口那里看着。他低下头看了看在土里躺着的鱼，然后用脚把鱼翻了个个儿，又拿脚指头去捅鱼的眼眶，好像要把鱼的眼珠弄出来。埃斯愣愣地望着田野远方。瓦塔曼瞅了瞅埃斯的那张脸，然后看了看门那里，就转过身子，往房子拐角那里走去。埃斯转过头把瓦塔曼叫住了。

"你去，把鱼洗干净了。"埃斯说。

"为什么不让德威·特尔去洗啊？"瓦塔曼停下脚步说。

"去，把鱼洗洗。"埃斯说。

"哎，爹呀。"瓦塔曼说。

"你来洗。"埃斯头都没回地说。瓦塔曼又走了回来，从地上把鱼拎起来。鱼从他的手里又滑了下来，"啪"一声掉在地上，溅得他全身都是泥。鱼身上又沾上了很多土，它的嘴大张着，眼珠往外突起，向土里面蹭着，好像对自己即将面临的死亡感到惭愧似的，想要重新藏到哪里。瓦塔曼冲着鱼骂了一声，那语气就跟个大男人一样，然后又开两条腿跨在鱼的上方。埃斯还是没有回过头来。瓦塔曼又提起了鱼，绕过屋子到了那一边。他像抱柴火那样双手托抱着鱼，把鱼头和鱼尾都露到了外面。那条鱼都跟他差不多大了。

埃斯的衬衫袖子已经缩到了小臂上，露出胳膊。自从我认识他以来，就没有见到过一次他穿的衬衫是合身的，怎么看都像是朱埃尔的旧衣服丢给他穿的。朱埃尔身材瘦高，那身高让他看上去有些佝偻，除此之外他的胳膊也是蛮长的。不过那衬衫肯定不是朱埃尔的，最大的区别就是埃斯身上没有出汗的痕迹，这个特点可以让人非常准确地判断出，这些衬衫只会是埃斯的，不会是其他人的。埃斯望着田野远方，两只眼睛就像是燃烧殆尽的炉灰一样，堆放在他的脸上，没有一丝神采。

影子已经爬上了台阶。"五点了。"他说。

我站起来的时候，可拉刚好走出房门，说该走了，时候已经不早了。埃斯把脚抬起来要去穿鞋，可拉说："不用起来了，本德仑先生。"埃斯穿上鞋子，又往地上跺了几下脚，跟他做其他事情的时候一样，似乎不希望自己做成功一样，也就不再继续费力做下去。我们走到门厅的时候，听到了地板上那两只鞋子发出的笃笃的声音，好像那两只鞋子是铁做的一样。他走到她房间的门口那里，眨着眼往里面看，不过眼神呆滞着，什么都没有看到。似乎他期望看到的是她已经从床上起来了，坐在椅子上或者正在拿着笤帚扫地。他往屋子里面看过去的时候带着一种惊讶的神情，好像惊讶于她竟然还在床上躺着，德威·特尔也像平时一样给她用扇子扇风。他在那里站着，一动也不想动，什么事情都不想做。

"啊，我们是得走了，"可拉说，"我的鸡还没喂呢。"看天上云彩的样子，似乎又要下雨了。地里面的棉花真是让人担心，似乎每一天都是上帝的赏赐。但是对于他来说，那就另当别论了。开什还在拾掇那些木头。"要是有什么事情需要我们的帮助……"可拉说。

"埃斯会及时通知我们的。"我说。

埃斯并没有看着我们，只是不断看着周围，眨动的眼睛看上去有些惊讶。好像他总是为什么事而吃惊，都已经成了习惯了，所以这次他又觉得吃惊了。如果给我盖谷仓的时候，开什有这么认真该多好。

"我和埃斯都已经说了，"我说，"应该不会有事的，我希望如此。"

"她已经做好决定了，"他说，"我觉得，这次她是一定要走了。"

"每个人早晚都是会这样的，"可拉说，"还是让上帝来宽慰你的心灵吧！"

"关于玉米的事情……"我说。我又跟他说了一次，安迪现在生着病，家里现在又是一团乱麻，如果他忙不过来的话，就喊我过来帮忙。像其他的街坊们一样，我都已经帮到现在了，想不帮也是不可能的了。

"本来我是想着今天就去做的，"他说，"但是我好像无法把心静下来去做任何事情。"

"说不定，她可以等到你翻完地呢！"我说。

"看上帝的意思吧！"他说。

"让上帝宽慰你吧！"可拉说。

说真的，如果当初给我盖谷仓的时候，开什有这么认真该有多好。我们在旁边经过的时候，他把头抬起来看了看我们。"估计这个礼拜是没办法到你那里去了。"他说。

"不用着急，"我说，"什么时候等你有空了再说。"

我们坐上了大车，可拉把那盒蛋糕放到了膝盖上。这天肯定会下雨的。

"真不知道他会变成什么样子，"可拉说，"我也说不好。"

"唉，让人同情的埃斯，"我说，"她敦促着他干活都已经有三十多年了，我想，她肯定是累了。"

"我本来以为，她还能再敦促他三十年呢，"凯特说，"或许她走了以后，他等不到摘棉花就会另寻一个的。"

"我觉得，开什跟特尔现在已经可以结婚了。"尤勒说。

"可怜的孩子啊，"可拉说，"可怜的捣蛋鬼。"

"那朱埃尔呢？"凯特说。

"他也能结婚啦。"尤勒说。

"嗯，我觉得他也得结婚的，"凯特说，"我觉得他也得结婚。我认为吧，这附近有不少姑娘都不想看到朱埃尔和某个人拴在一起。但是他们担那个心又有什么用呢！"

"你瞎说什么呢，凯特。"可拉说。大车发出了"吱吱"的响声。"可怜的捣蛋鬼啊。"

今天晚上一定会下雨的，一定会。这天气太干了，就连这辆伯赛尔做的大车都开始"吱吱"地响了。不过等变了天气就好多了，指定能变好的。

"既然她订下了，那就应该把蛋糕买走的。"凯特说。

埃 斯

这路简直是太差劲了。还有，看这天气，肯定是会下雨的。我在这儿站着都能明明白白地看出来，就像我有超能力一样，可以看到渐渐暗淡的天空就像横在他们后面的一堵墙，挡住了他们跟我的许诺。我已经尽了全力了，跟做其他的事情没什么两样，但是孩子们也太不幸了。

路就那么平铺着，直接铺到了我家的门口，只要是灾难路过，肯定都不会错过我家。我以前跟安迪说过，跟大路紧挨在一块儿是肯定不会交到什么好运的，她跟我说，那完全是妇人之见。"那你起来搬家去吧。"我没办法，只好又改口说这不会影响到运气，上帝创造出了路，那就是让人走的嘛，要不他为什么要让路铺在地上呢。他会把那些不停运动的东西创造成平铺着的样子，比如说路啊，马啊，大车啊等，就是这样子的；他还会把那些不乱动的东西创造成直立着的，像树啊，人啊什么的，也都是这样子的。所以说啊，上帝从来都没有让人住在路边的想法。你想啊，是哪个先到这里来的呢，是路啊，还是房子啊？什么时候你听说他把一条路放到了一栋房子旁边了？我说。你是不会听到过这样的说法的，在通常的情况下，都是人们一定要把房子盖到那里，那个任何人驾车从那里路过，都能把痰吐到门口的地方，这样他们才觉得安心，不然的话，人就总是不安心，老是不安分地想要到哪里去。但是他的本来意思是让人就那么立着，像一根玉米或者一棵树一样。要是他想让人到处乱窜的话，他不就把人创造得像条蛇一样，把肚皮贴在地上了吗？他完全可以那样做啊！

但是现在看看，路已经躺在我们房子的门口了，什么样的灾难都能找到我们家门，还得让我们上五花八门的税。不知道谁给开什灌输的学木匠的这个该死的念头，还让我为他交学费，要不是这条路铺到了这里的话，他肯定不会想到这种事情。所以他就从教堂上面摔下来了，摔得什么都干不了了，整整六个月啊，我跟安迪像奴隶那样地伺候他。那六个月里面，如果他能拿起他的锯子，这一带木匠活有的是。

还有特尔的问题。那群浑蛋老是撺掇我，让我把他轰出去。不是我怕自己干活，我一直都能养活自己和一家几口人，还能让他们有个房子躲避风吹日晒。是他们要让我没有足够的人手，因为特尔只管自己的事，不管什么时候都只看到眼前的那一块地。我跟他们都说了，开始的时候特尔还是很好的，虽然他只顾着眼前的那一块地，因为那时候地还是竖着的。自从有了这条路以后，地就变成平铺的了。那个时候，他还是只看得到自己眼前的那一块地。然后他们就开始撺掇我，用法令①来逼我，让我轰走他，让我没有足够的人手。

结果我还损失了财产。本来她的一切都很好，身体很健康，丝毫不比别的女人差。也都是因为那条路，她就莫名其妙地倒下了，

---

① 这里指的是征兵法令。

躺在她那张床上，什么也不想要。

"你生病了吗，安迪？"我问她。

"我没生病。"她说。

"我知道你没生病，你就好好躺着休息吧。"我说，"你就是太累了，好好休息就行了。"

"我没得病，"她说，"我可以起来的。"

"好好休息，躺着别动，"我说，"你就是有点累了，到明天你就可以起来了。"但是她莫名其妙地就那么倒下了，一个健健康康的女人，比其他哪个女人都不差的女人，就是因为那条路。

"我从来没有请你来过，"我说，"你可得帮我作证，说我从来没有请过你。"

"我知道，你没有请过我，"彼保第说，"我帮你作证。她在哪儿了？"

"她就在那儿躺着呢，"我说，"她就是有些累了而已，但是她会……"

"你先出去等着，埃斯，"他说，"去走廊那里歇一会儿吧！"

我现在只能付给他医疗费了，但是看看我自己，嘴里面都没有一颗牙齿。我一直期望着有一天能富裕起来，能给自己配上一副假牙，跟正常人一样享受上帝赐予的食物。就在那一天之前的时候，她不是还挺壮实的吗，不比附近的任何一个女人差劲啊。要想赚那三块钱，也是要做出一些牺牲的，让那两个孩子出门去赚那三块钱，也是要做出牺牲的。现在的我，就跟有特异功能一样，可以很清晰地看到那两个孩子跟我之间隔着的那道雨幕。这道雨幕像个浑蛋一样从路上扫了过来，就好像这么大的一个世界，就没有其他的房屋可以让它去淋。

我听过其他的人叹息自己的命运不济，那是他们应得的，因为本身他们就是有罪的人。我反倒不认为自己是在承受上天的惩罚，因为我从来都没有做过什么让老天惩罚我的事啊！虽然我承认我不是特别地虔诚，但是我心里是堂堂正正的，这一点我是知道的。跟那些假慈善的人比起来，虽然我的行为并不比他们好多少，但是也不会更坏的，上帝既然不忍心让一只麻雀掉到地上①，那么他是不会不管我的。但是我都这么贫困了，竟然还要在这里受这样一条路的欺负，那就太过分啦！

瓦塔曼从屋角那里绕了过来，膝盖下面的部分满是鲜血，跟一头猪似的那么脏。他肯定用斧子砍了那条鱼，也说不准是直接丢在地上喂野狗了。哈，我觉得就不必对他期望什么了，比起他那几个已经长大的哥哥来，他也不会好到哪儿去的。他走了过来，一句话也不说，看着房子，然后坐到了台阶上。"哎呀，"他说，"真是累死我了。"

"去，把你那两只手洗干净了。"我说。在这方面，我得公公正正地说一句，这世上也就她会花那么大的心思去把孩子们弄得干干净净的，不管是长大了的年轻人，还是正在长大的小男孩，她都经管得很仔细。

"那条鱼的血跟内脏都快跟一头猪的差不多了。"他说。但是我没心思去理会那些事情，这样糟糕的天气让我什么心思都没有了。

---

① 这是出自《圣经·马太福音》的一句话："两只麻雀可以卖一分钱，要是你们的父亲不允许，一只麻雀也不能掉到地上。"

"爹，"他说，"我妈的病是不是更严重了？"

"把你那两只手洗洗去，洗干净了。"我说。但是我真的不愿意去管这些烦心的小事情。

特　尔

他这个礼拜到镇上去过。看他那脖子后面，剃得太短了，在身上晒黑的皮肤和发根中间有道白色的痕迹，就像是白色骨头的连接点一样。他都没有回过头看一次。

"朱埃尔，"我说。路不停地往后走着，夹在骡子那两条快速抖动的长耳朵中间，就像一条隧道一样，在大车的车身下消失不见。路就像一条丝带一样，大车的前轴就像是一根滚轴。"你知不知道，她就要死了，朱埃尔！"

要把你生出来的话，得要两个人，但是要死去的话，一个人就可以完成了。也许这就是世界末日的景象吧！

我跟德威·特尔说了："你希望她死去，然后你就可以到城里去了，是不是？"虽然我们心里都明白得很，但是她不想说出来。"你并不愿意说出来，因为如果说了的话，就算你是跟自己说的，你也会发现那是真的，是不是？但是现在你都知道了，这就是真的。我差不多都能说出来是哪一天，你心里清楚，那都是真的了。你干吗不想说呢，哪怕是跟你自己说？"她不想说，只是不停地问，你打算告诉爹吗？你打算杀了他吗？"你不敢相信这一切都是真实的，就因为你不能相信你德威·特尔，德威·特尔·本德仑竟然运气这么差，是不是？"

太阳已经斜下去了，再有一个小时就该落到地面下边去了。它就像是卧在云团上的一只血红色的蛋，发出古铜色的光芒。映到眼睛里的是不祥的预兆，钻到鼻子里的是带着硫黄臭味的闪电味道。彼保第到了之后，他们就只能用绳子了。他的肚子里胀得满满的都是气，那是他吃太多生菜导致的。他们可以用绳子从小路那里把他吊上来，看上去就像一只气球飘浮在充满着硫黄味道的空气里。

"朱埃尔，"我说，"你知不知道，安迪·本德仑就要死了，安迪·本德仑很快就要死了，你知不知道？"

彼保第

埃斯最终还是主动叫人来请我过去了，当时我还说："他可算是不用再折磨她了。"我觉得这是件天大的好事，开始的时候我还不想去，因为没准我还可以想到些办法，说不定还得让她再活转过来。上帝啊，我觉得天堂的道德观念没准跟医学院的是一模一样的，当然也是非常愚蠢的。我寻思说不定又会是弗龙·塔尔叫人来请我去的，到这种关键的时刻他才让我去，这个弗龙·塔尔啊，从来做事情都是这样的，不光是让埃斯，他自己也是在花钱的时候把一个子分成两份花。

但是天越来越黑了，我一眼就能瞧出来要变天了。这个时候，我就知道肯定是埃斯叫人来请我的，不会是别人。都已经这种时候还来找医生，这种事情只有那些点背到极点的人才会去做的。而我心里也清楚，当埃斯想明白要去找医生的时候，就已经来不及了。

我到了泉水旁边，下车拴上马的时候，太阳已经下沉到了连片的乌云后面了。那些乌云就像是一排倒置的山脉，好像是什么人在云彩后面倾倒了一车还没有烧完的炉渣，周围的空气没有一丝飘动。距离还有一英里远的时候，我就已经听到开什锯木头的声音了。埃斯正在小路尽处的断崖上站着。

"马去哪里了？"我说。

"跟朱埃尔走了,"他说,"别人就算抓也抓不到它,看来你只能自己往上走了。"

"什么,让我这重二百五十磅的人自己走上去?"我说,"让我自己爬那个断崖?"他在一棵树旁边站着。上帝做错了一件事情,这真让人沮丧,他让树木长出了根,却让埃斯·本德仑一家人有腿有脚。要是能让他们换过来的话,那么不管是这个国家还是其他国家,都不必再忧心树木会被砍伐光了。"那你想让我怎么做呢?"我说,"难道让我在这傻站着,然后让暴风雨把我吹到隔壁县去吗?"就算是骑马的话,我也得花费十五分钟才能从草地穿过去,爬上山坡,然后到达房子前面。小路就跟一条折断了的胳膊一样,不知道是从哪里跑过来的,歪歪扭扭地附着在山崖下边。埃斯已经快十二年没到城里去过了,真想不通他妈妈那时候是怎么爬到山上去怀上他的,有什么样的母亲就有什么样的儿子啊!

"瓦塔曼拿绳子去了。"他说。

片刻之后,瓦塔曼拿着一根犁绳过来了。绳子的一头给了埃斯,然后他自己边放绳子边往小路下边走。

"你可得拉住了啊,"我说,"我都在账本上记录了这次出诊了,所以啊,无论我能不能上去,我都一样要收钱的。"

"我拉住了,"埃斯说,"你就安心地往上爬吧!"

我也弄不清为什么自己不往回走,都已经七十多岁了,重两百多磅,竟然还要被人用一根绳子吊上去然后再放下来。我估计是想要把自己账本上的死账凑足五万块才死心吧!"你老婆这是怎么啦,"我说,"跑这么一个破山上来生病?"

"真是对不住啊!"他说。他松开拿绳子的手,让绳子滑到地上，然后转身往房子那里走去。还有一些亮光停留在山顶上，那颜色就跟硫黄火柴差不多。那些木板也跟一根根的硫黄火柴一样。开什并没有回头来看。弗龙·塔尔跟我说，开什要把每块木板都拿到窗子前面，让她看合不合适。那个小男孩追上了我们。埃斯回过头去瞅了一眼，问："绳子呢？"

"还在你扔的那里放着，"我说，"就先不用去管那根绳子了，待会儿我还得从断崖那里下去呢！我可不想在这里赶上暴风雨，如果被风吹跑了，指不定被吹到哪里呢！"

那个女孩就在床前站着，拿扇子为她扇风。我们进到屋子里面时，她转过头来看了看我们。这十来天的时间里，她跟死了没什么两样。这么长时间以来，她的生活一直是埃斯的一部分，我想，如果死亡也算一种改变的话，那么现在想要改变也来不及了。在年轻的时候，我一直相信死亡是肉体上的一种现象，到现在我终于明白，那只是一种精神作用——失去亲人的人的精神作用。虚空主义者认为死亡是一种完结，而原教旨主义者却说那是一种开始。事实上，那只不过是一个顾客或者一个家庭从公寓或是城市搬离出去。

她瞅着我们，似乎只有两只眼睛是在动的。那眼睛好像不是在用目光或者是感觉来触碰我们，倒像是一股水从橡皮的水管里喷了出来，然后在触碰的那一瞬间变得跟水管的出口没有丝毫关系，就好像从来没在那根管子里存留过一样。她根本就不去看埃斯，只是看了看我，之后又看了看那个小男孩。她的身体被被子覆盖着，还没有一捆枯干的柴火粗。

"哦，安迪女士，"我说，"你还好吗？"那个女孩并没有停止手中扇动的扇子。她的脸依靠在枕头上，显得非常憔悴，她只是看着小男孩。"你让我来得真是时候啊，暴风雨跟着我就来啦！"然后我就叫埃斯跟那个小男孩都出去了。她一直盯着出去的小男孩，除了她的眼睛之外，全身其他的地方都没有丝毫动静。

当我出来的时候，埃斯和小男孩都在走廊上，台阶上坐着小男孩，埃斯则在一根柱子旁边站着。他的身体都没有在上面靠着，两条胳膊耷拉在身侧，头发纠缠盘结地翘了起来，就跟一只刚刚洗了药浴的鸡一样。他回过头来，冲着我眨了眨眼。

"为什么不早点叫我过来？"我说。

"还不是因为事情太多，一件连着一件。"他说，"我跟孩子们要抓紧时间拾掇那些玉米，德威·特尔一直在照看她，把她照顾得不错。街坊们都过来帮忙了，争着要帮我做这个做那个，所以我就想着……"

"先不用顾虑钱的问题，"我说，"你见过我因为谁暂时没钱就不给他看病了吗？"

"这倒不是舍不得花钱的缘故，"他说，"就是我总是在想，她早晚都是要走的，对不对？"那个小捣蛋鬼在最上面的台阶上坐着，在硫黄一样颜色的光线映衬下，看上去比其他时候都还要瘦弱。我们这里一直都有这样的一个缺点：这里的所有，包括气候和其他的一切东西，都拖得太漫长了。就好像我们这里的河流跟土地一样，污浊、迟缓、粗野。创造出来的人的生命也是一样，得不到满足，得不到快乐。"我心里明白，"埃斯说，"我越发地明白了，她都已经决定了。"

"其实早就应该这么做了，"我说，"有一个不争气的……"他在最上面的台阶坐着，身体干巴巴的，穿着一条褪了色的工作裤，纹丝不动地坐在那里。在我出来的时候，他瞅了瞅我，然后又看了看埃斯。现在他就那么坐着，已经不看我们了。

"你都跟她说了没有？"埃斯问。

"为什么要跟她说？"我说，"我何必去花这个心思去跟她说？"

"她自己也会明白的，我知道这一点。当看到你的时候，她就已经清楚了，就像看白纸上写的黑字一样明显。你根本不必去跟她说。她的神志……"

"爹。"我们身后传来那个女孩的声音。我看了看她，瞅着她的脸。

"你还是赶快去吧。"我说。

我们走到屋子里面的时候，她的眼睛正看着房门。她看了看我，那目光就跟油即将耗尽的不停闪动的枯灯一样。"她要你离开这里。"女孩说道。

"哎呀，安迪，"埃斯说，"人家从杰夫森大老远地跑过来给你看病，你却……"她盯着我看，我能明显地感受到她目光里的含意，她是在用目光往外边推我。在其他女人的眼睛里，我曾经看到过这种目光，看到那些饱含着同情和悲悯之心来帮助她们的人，被她们从房间里推出去，而守在这些不争气的浑蛋们身边。但是在他们的眼中，她们顶多也就是受苦受累的牛马而已。也许这就是人们所说的那种"人所不能理解的爱①"吧。那是一种自尊感，是一种欲望，迫切地想要掩饰自己赤裸裸的悲惨的欲望。人们是赤裸裸降临到这

---

① 出自《圣经·腓立比书》："上帝赐予的人所不能理解的平安，必定在基督中守护你们的灵识。"

个世间的，也是赤裸裸地进入手术室的，然后又顽固、热切地赤裸裸回归大地的。我从房间里走了出来。在走廊下面，开什的锯子慢慢锯进了木板里，发出打鼾似的声音。过了一段时间，那个女孩叫了他的名字，那声音很响亮但是很刺耳。

"开什，"她说，"叫你了，开什。"

特　尔

爹在床的旁边站着，瓦塔曼在他的大腿后面偷偷地看着，露出了浑圆的脑袋和眼睛，他的嘴慢慢地张大了。她看着爹，燃烧殆尽的生命力好像都积聚在了她的两只眼睛里，它们看上去很急迫，但是又没有一点办法。"她想要见朱埃尔。"德威·特尔说。

"啊，安迪，"爹说，"他跟特尔又去拉货了。他们认为时间还是很充足的。他们觉得你会等到他们回来的，他们要去赚那三块钱还有……"他弯下了身子，把自己的手搭在了她的手上。她看着他有一段时间了，没有什么表情，也没有任何的指责，就像只是她的两只眼睛在聆听他那突然中断的声音。然后她挣扎着想要坐起来，这十来天里她一直都是躺着的。德威·特尔低下了身子，想要让她重新躺下去。

"妈妈，"她说，"妈妈。"

她看着窗户外面，那里开什正在弯腰低头地锯着木板，身体被笼罩在即将消逝的暮色中。他就干着自己的活，把自己完全投入到了暮色之中，仿佛锯子跟木板本身都有能量，可以在拉锯的动作之中发出光亮来。

"嘿，开什，"女孩大声地喊着，声音响亮地震动着鼓膜，没有一丝病态，"叫你呢！"

他把头抬起来，望着窗框里面那张暮色下枯干的脸。这幅画面他从小就一直在看，不管是什么时候。他放下了手里的锯子，然后举起木板给她瞧，他自己就盯着窗户看，在窗户里面的那张脸没有丝毫动作。他又拿起一块木板，然后把两块木板斜着拼在了一起，用闲着的那只手比画着棺材完成之后的样子。又过了一段时间，画面里她俯视着他，没有批评，也没有赞赏。然后，那张脸就隐去了。

她重新躺了下去，转动头颅，视线都没有扫过爹。她注视着瓦塔曼，仿佛她的全部生命力都注入到了两只眼睛里面，像两朵火焰在那里，默默地燃烧了好半天。最终还是熄灭了，就像是什么人弯下腰去把它们给吹熄了。

"妈妈，"德威·特尔说，"妈妈。"她的身体伏在床边，两只手稍稍抬了起来，就像这十天来一直在做的一样，仍然扇动着扇子。她悲痛地哭了起来，那声音青春而有活力，颤抖但是又很清晰，好像在为自己良好的音色和音高而自豪。扇子依然在不停地上下舞动着，让那些虚无的空气发出了"呜呜"的低语声。然后她就趴到了安迪·本德仑的膝盖上，紧紧地抱住她，用年轻人所有的力量去摇动她，后来猛地把整个身躯都压到了安迪·本德仑那残破的躯体上，让整个床都摇晃起来，床垫里的玉米袍发出了"唰唰"的响声。她的胳膊展开着，依旧用手里的扇子把渐渐微弱的风扇进被子里。

瓦塔曼在爹的身体后边躲藏着，偷偷地往外看。他的嘴巴张开着，张得很大，把脸上的所有颜色都吸到了嘴里边，就好像他不知道用什么办法咬住了自己的脸，然后把脸上的血都吸了过来。他瞪着圆圆的眼睛，从床那里慢慢地往后挪动脚步，慢慢融化在暮色中的那张脸显得很苍白，就像把一张纸贴在了一堵即将倾倒的墙上。然后他就这样慢慢地挪出了房间。

爹的身子弯到了床的上边，在暮色笼罩下，那弯曲的身影散发出一种气息，就像是一只羽毛散乱的猫头鹰内心充满的那种嗔怒，那里面潜藏着一种意识，因为太过深刻或者是太过于稳定，差不多都不能算作思想了。

"那两个孩子真不走运。"他说。

我说，朱埃尔。看我们头上的天，白天雾蒙蒙地一点点向后退去了，用一杆灰色长矛似的云彩挡住了落山的太阳。两只骡子冒出的汗在雨中蒸腾，身上被溅到的泥巴染黄了。外侧那头骡子紧贴着路边，身体被光滑的绳子套牢了，路下面是一条水沟。木料在大车上斜放着，发出暗淡的黄色，被水浸润之后，变得像铅一般的沉重。木料斜靠在残破的车轮上，跟旁边的水沟组成了一个锐角。一股黄色流过残破的轮毂和朱埃尔的脚踝——那不是水，也不是土。旋转着、扭动着在黄色的路面上流过——那不是水，也不是土。在山下面，融入到一股黑绿色的潮流当中——那不是天，也不是地。我说，朱埃尔，开什走到门口，手里拿着锯子。爹弯着身子站在床边，两条胳膊坠在两边晃荡着。他回过头，那侧面的身影看上去战战兢兢的，他的脸颊随着嘴唇里鼻烟的蠕动而深陷了下去。

"她走了。"开什说。

"上帝把她接走了，她离我们而去了。"爹说。开什并没有看他。"还剩下多少没干完？"开什也没有做出回答，只是拿着锯子走进来。"你得抓紧把它完成啊，"爹说，"那两个孩子走得那么远，你只能加把劲去做了。"开什的目光转向下面，望着她的脸庞。爹说的话他一句都没有听进去。他站在屋子中间，脸上看不到丝毫的慌张。他并没有靠近那张床，那把锯子紧贴着他的腿，胳膊上的汗液粘住了一层薄薄的木屑。

"如果你认为比较难办的话，没准明天会有人过来帮忙，"爹说，"弗龙能帮你做点什么。"开什并没有听爹说什么，只是低着头，望着她那张祥和而又没有丝毫生命力的脸，那张正在越发暗淡的暮色中消融的脸。就好像黑暗是终结的最后信号，那张脸犹如一片枯树叶的影子一般轻飘，渐渐从黑暗当中浮起。"大家都是基督教徒，都会来帮你的。"爹说。开什一句都没有听进去，他都没有看爹一眼，一会儿工夫之后就转身离开了屋子。紧接着，锯木头的声音又响起来了，像是某个人在打鼾一样。"他们一定会来帮我们的，现在我们这么悲伤。"爹说。

那不急不躁、稳稳当当的拉锯声，把天边的余光也拉动了，就好像每拉一下锯子，她的生命就被拉回来一些，脸上浮现出聆听和等待的神色，好像在为他拉锯的动作计数。爹转过目光，看了看她的脸，然后又看了看德威·特尔，她的满头黑发散开来，两条胳膊伸开着，那把扇子还被她紧紧地攥在手里，只不过现在这把扇子已经平静地待在愈见模糊的被子上了。

"要不然你还是先去做晚饭吧。"他说。

德威·特尔一动不动。

"赶快起来去做晚饭吧，"爹说，"不管怎么说，咱们总得有力气干活啊。彼保第医生走了这么远的路，肯定也饿了。还有开什，他也要吃点东西补充体力，好尽快去把那口棺材打完。"

德威·特尔努力挣扎着站了起来，低垂的视线中的那张脸，像是一面正在一点点滋生绿锈的铜铸遗像，靠在了旁边的枕头上。就只剩那双手还有一点生命的气息，像一件满是关节的静物一样，弯曲地躺在那里，里面潜藏着一种虽然精力耗尽，但是还想再次舞动起来的野心。就好像这双手仍旧质疑着结局的降临，劳累、倦怠和烦恼并没有走远，这只是一种暂时停止了的状态，而它正在机警地、小心地注视着，觉得这种状态不会持续地存在下去。

德威·特尔弯下身子，从那双手下面把被子慢慢地拽了出来，然后把它一直拉到了下巴下面，拉直、捋平。然后她直接从床边绕过去，走出了屋子，都没有瞥一眼爹。

她走出去之后，肯定会去看彼保第医生，在昏暗的光线下，用一种特别的神情望着他的身躯。他感觉到她在看他，就回过身来，然后他就会说："现在，我已经不会再为这种事而有伤心的感觉了。她的年纪已经够大了，又生了那么多的病，我们是无法体会到她所遭受的苦难的，她是肯定不会好了。瓦塔曼快要长大成人了，一家人都有你在精心地照顾着，我尽量不让自己难过吧。你就去做晚饭吧，也不用做很多，不过他们怎么也得吃点东西。"然后她望着他，在心里跟他说："如果你知道了该有多好啊，你可以帮到我的，真的，如果你愿意的话。但是你又不是我，你并不知道这件事。你可以帮我很大的忙的，只要你愿意，真的，只要你愿意，我就可以告诉你的，而别人并不会知道，只有我们三个人知道，你、我还有特尔。"

爹在床边站着，佝偻着身子，后背隆起，两条胳膊耷拉在身体两侧，没有一丝晃动。他一边听着开什拉锯的声音，一边把手伸到头顶，捋了捋头发。他又向前动了动，用手心还有手背在大腿上摩挲了一阵，然后就用手去抚摸她的脸庞，摸了摸她的手那里隆起的被子。他想像德威·特尔那样去抚平被子，把被子拉到下巴那儿，但是却越弄越糟糕。他又用那只像鸡爪一样笨拙的手去拉被子、抚平被子，却发现越抚褶皱越多，不断有褶皱出现在他的手抚过的地方。最后，他只得打消了这个念头，把两只手又放回到了身体的两边，继续磨自己的大腿，用手心和手背去磨。拉锯的声音像打鼾一样飘荡进了屋子。爹的嘴不停地蠕动着，搅动嘴里面那撮鼻烟，他的呼吸声安稳而又尖锐。"上帝的意思即将成为现实，"他说，"我现在可以安上牙齿了。"

水顺着朱埃尔那顶斜搭在脖子上的帽子，流到了在他肩膀那里系着的口袋上。他用一块宽四英寸厚二英寸的木板撬着轮子，支撑点是他放在地上的一根烂木头。他的整个脚踝都泡在了水流过的沟里。朱埃尔，她死了，我说，朱埃尔，安迪·本德仑死了。

瓦塔曼

之后我就跑起来了，往房子后面跑，跑到走廊之后我就停下了，然后我就开始哭。我知道刚才鱼被放到了哪一堆土里面，它被分解得七零八落，已经不是一条鱼了。连溅在我的手上和工作裤上的血，看上去都不是血了。刚才并不是这样的，刚才还没有出那样的事，她现在走得太远了，我都已经赶不上了。

看到过在炎热的天气里立起羽毛藏进凉爽沙土里的鸡吗？那些树现在就跟那些鸡一样。要是我从走廊上跳下去的话，我就能跳到刚才放鱼的那里，它都已经被分解了，已经不能算是一条鱼了。我能听到很多声音，包括那张床、她的脸庞，还有所有人发出的声音。我还能感受到地板的震动，我知道那是他从上面走过的震动，他走了进来，然后那么做了。他真的那么做了，原本她还能安然无恙的，但是现在他来了，然后那么做了。

"这个满身肥肉的畜生。"

我从走廊上跳下来，然后向前头跑着，暮光里的谷仓的屋顶冲向我。如果我能跟马戏里面那个穿粉红色衣服的女孩一样就好了，那我就可以高高地跃起，直接穿过了房顶，然后落进那暖暖的味道里，不必再去等什么。灌木丛被我抓在了手里，脚下的土和石头子都被我踩得陷下去。

　　我无法呼吸，除非我走进那暖暖的气息里。我到了马厩里，我想抚摸它，因为那样我才能痛快地哭出来，就像呕吐一样的痛快。在它胡乱踢一通之后，我才有办法哭出来，才能让自己哭出声音。

　　"他杀死了她，他杀死了她。"

　　它的生命力奔流不息，窜动在它的皮肤下面，在它的疤痕下面，在我的手掌下面。它的味道蒸腾着冲上来，钻进了我的鼻子里，好像有什么东西在我的鼻子里萌动，直接逼得我哭出声来。终于哭出声来了，哭声嘹亮，然后我就痛快了，呼吸也不再困难了。我能感觉到生命力在我双手下面奔流的气息，那种生命力直接传导到了我的胳膊上。我想，我可以从马厩里出去了。

　　在黑漆漆的泥地里，我沿着墙壁摸索着，我找不到它，到处都找不到。哭声太响亮了，我不想让它那么响亮。然后我就找到它了，它就在大车棚的泥地上面。我在肩膀上扛了一根棍子，然后穿过空地跑到了路上。

　　一看到我来到面前，它们就开始慌张了，匆忙地往后面倒退。它们的眼珠乱转，还打着响鼻，使劲往后退的身体牵动着缰绳。然后我就听到了棍子打到它们的声音，我看到棍子砸在了它们的头上，砸在了它们的胸脯上，砸得它们一阵儿往前跑一阵儿往后逃。虽然有的时候我也会打不中，但是我的心里真的痛快极了。

　　"就是你，杀死了我的妈妈！"

　　它们打着响鼻，不断地往后退着，地上传来它们的蹄子踢踏的声音。那声音非常清晰，因为天马上就要下雨了，空气很微薄。棍子被我打断了，但是要打它们还是足够长的。我又到处跑着打它们，打得它们不断往后退，缰绳都被它们拉扯得紧绷着。

"就是你，杀死了我的妈妈！"

我拼尽全力抽打着它们。它们围着马车的两个轮子乱转，虽然转动的动作很大，但是马车就像是被钉到了地上似的，只是在原地打转。那两匹马也只能在那里待着，后腿被牢牢钉在了那个圆圈中心。

我飞奔在沙土里，跑过的地方沙土都陷了下去。我的眼睛看不到任何东西了，刚才那个两轮腾空的马车也消失了。我疯狂地舞动着棍子，那根棍子抽打到了地上，之后又弹跳起来，抽打到了空气里，又击进了沙土里，把沙土打得凹陷下去，就算汽车在上面行驶也没有现在凹陷的速度快。我瞅着手里的棍子，都已经断得只剩我手掌里的部分了，跟生火的一小段引火柴差不多了，本来它那么长的。我认为我可以哭出来了，我扔掉棍子，然后我就哭出来了，但是声音不如刚才那么大了。

母牛在谷仓的门里边站着，满嘴都是青草，它正在反刍，舌头在嘴里不断搅动着。当看到我走到空地的时候，它开始叫唤起来。

"我是不想给你挤奶了，什么我都不想给他们干。"

从它旁边走过时，我听到它转过了身子。然后我回过头来，看到它正在我后面喷着热气，那热气既暖和又带着甜味。

"跟你说过了，我不给你挤奶了！"

它用鼻子吸了一大口气，又用身体蹭了蹭我。它闭上了嘴，却在肚子里面叫唤了一声。我突然把手一缩，学着朱埃尔的样子开始骂它。

"赶紧给我滚蛋！"

我用手在地上撑了一下，然后就向着它撞了过去。它朝后面跳了一步，转动了几下身子，然后就停了下来，往我这里看。它叫唤了一声之后，就溜达到了小路那里，站着往路那边看。

谷仓里面一片漆黑，很安静也很温暖，有令人陶醉的味道。我看着小山的顶端，小声地哭了起来。

开什以前从教堂上摔下来过，现在走起路来，受伤的那里还是有些不方便。他爬上了山坡，低着头看了看泉水，然后又抬头看了看大路的方向，之后就回头去看谷仓。他顺着小路呆呆地往前走着，看到了断掉的缰绳，又看到了路上的尘土，然后他向大路的远处望了望，那里并没有尘土。

"他们现在是不是已经过了塔尔那里了？我真希望是这样。"

开什回过身，一瘸一拐地顺着小路走了下去。

"他是个浑蛋，我要给他点颜色瞧瞧，他这个浑蛋。"

我啥都不是，我安静下来了。德威·特尔来到了小山上，她叫我的名字：瓦塔曼。我已经不哭了，就这么安安静静的。瓦塔曼，喊你呢。我听到自己流泪的声音，也感觉到了，现在，我能小声地哭。

"刚才还没有这样，刚才它还没有呢，就在那边的地上躺着。但是现在呢，她却要煮了它。"

天已经黑下来了。我可以听到树丛发出的声音，甚至能感觉到静谧的声音。但那并不是生命的声音，也不会是它的声音。所有的一切串联起来，就好像黑夜正在将它从一个整体分解开来，散乱成一堆相互之间没有任何关系的零件，比如响鼻的声音，比如跺脚的声音，还有那一点点变凉的生物组织，以及那散发着尿臊味的马毛，甚至是某种幻想，幻想中，一张带着斑驳痕迹的马皮与一副强健的骨架组合成了一个整体，在里面流淌着的，是一个与我的存在完全不同的存在，它庄严、神秘、陌生而又熟悉。我能看到它的消融：一只灵动的眼珠，一块闪烁的痕迹，像一朵冰冷的火焰，还有四条腿。在褪去了所有颜色的黑暗里，它慢慢地浮现出来。全部的零件组合成为一个整体，却又无法代表任何一种零件；整体包括了所有的零件，但是它什么也不是。我可以看到它，只要我听到了那些乱糟糟的声音。我抚摸着它，让它的形象一点点清晰起来：有它的皮毛、头颅、肩膀还有屁股，以及它的声音和气息。我一点都不感到害怕。

"把它煮了吃，把它煮了吃。"

德威·特尔

其实他能帮到我的，我的所有麻烦他都能帮我解决掉，如果他愿意的话。在我看来，这个世界上的所有东西都被装在了一只水桶里，水桶中装满了内脏。所以啊，你很难搞得清，一只装满了内脏的水桶，哪里还能有地方去装别的要紧的东西。他就是一只装满了内脏的大水桶，我呢，我只是一只装满了内脏的小水桶。他那么大一只大水桶都没办法装下其他重要东西的话，我这么小的一只装满内脏的小水桶又有什么办法呢。但是肯定会有地方的，每次都是这样，当有不幸的事情要发生的时候，女人总会得到上帝的指引。

但关键是，我是孤孤单单的一个人啊！如果我能感受到他的存在的话，那情况就完全不同了，那我也就不再是孤孤单单的了。但是，假如我不孤单的话，那岂不是全世界都知道这件事情了。他还是能帮到我很多的，那样我也就不会再是孤单一个人了，就算我是孤单一个人，那也没什么太大的关系了。

不过那样的话，他可就夹在我跟勒夫中间了，就跟当初特尔夹在我跟勒夫中间一样，那勒夫岂不也是孤孤单单的了。当妈妈离去的时候，我只能脱离开我、勒夫还有特尔的那个世界，因为我是德威·特尔，而他是勒夫，我只好用另一个我来悼念妈妈。他并不知道他能给我那么大的帮助，他根本就不知道。

我在走廊上站着，没办法看到谷仓。那边传来了开什在锯东西的声音，就像是一条狗正在房子外面到处转悠，想要找机会从那道门钻进房间里去。

他跟我说，他要操心的事情可比我的要多。我就说，你哪里知道什么是烦恼。我也不知道在操心什么，我并不能想那么多，所以就算我想操心也没办法。

我把厨房的灯点着了。那条鱼还在不断地冒出血来，它就那么平静地躺在平底锅里面，被分解得七零八落。我边听着厅堂里的动静，边把鱼麻利地放到橱柜里。过了十天她才死去，或许她并不知道自己已经走到终点了，又或许她是在等开什做那口棺材，想等他做完之后再去上帝那里报到，还可能是为了等朱埃尔回来。我从橱柜里拿出一个碟子来放生菜，然后在凉丝丝的炉膛里拿出了烤面包用的铁盆。之后我看着厨房的门，停下了手里的活计。

"瓦塔曼到哪儿去了？"开什问我。他的那两条满布着木头碎屑的胳膊，在灯光的照耀下就跟用沙子做的似的。

"我也不知道啊，根本就没见到他。"

"你看看是不是能找到瓦塔曼，彼保第的马不知道跑到哪里去了，他跟那些马都挺亲近的。"

"啊，去叫他们过来吃晚饭吧。"

谷仓还无法进入我的视线。我无法了解如何去烦忧，也没办法让自己去哭泣。我没办法哭出来，我已经尝试过了。一段时间以后，锯东西的声音传了过来，那声音贴着地面从黑暗中传过来，仿佛它本身也是黑的。然后我就看到他从木地板上一瘸一拐地往这边走了过来。

“过来吃晚饭了，”我说，“把他们也都叫过来。”

其实他是可以排除我的所有困扰的，但是他并不清楚这一切。他知道他，我知道我，我也知道勒夫，仅此而已。他怎么不在城里待着呢，这一点我真是不明白。我搞不清楚他干吗不在城里待着，我们只是乡巴佬，没有城里人那么好的。我看到了谷仓的顶子了，母牛在小路的终点叫唤着。我回过身来，发现开什又不见了。

他跟爹还有开什围坐在餐桌旁边，我拎着牛奶进到屋子里，上面的奶油已经被我撇去了。

“孩子，刚才小伙子抓的那条大鱼哪里去了？”他问。

“我没工夫做那条鱼。”我把牛奶放到了桌子上。

“这也太小气了吧，让我这么大个子的人就吃萝卜叶子。”他说。

开什只是埋着头吃饭，他那顶帽子上的汗渍都已经印到他头发上了，连衬衫上也都是汗水的痕迹。手跟胳膊他连洗都没洗。

“你该腾出点工夫把鱼做了，”爹说，“瓦塔曼到哪里去了？”

“还没有找到他。”我说。然后我往门口那里走去。

“好啦，闺女，”医生说，“不要理会那条鱼了，以后再说吧。快回来坐下。”

“我不是打算去做那条鱼，”我说，“我想先把牛奶挤完了，趁着还没有下雨。”

爹往自己的碟子里拨了点菜，然后就把碟子推到了别人面前。不过他并没有继续吃饭，只是低着头，用两只手围着碟子，蓬乱的头发在灯光里直立着。他那模样就像一头刚刚被大锤子给敲击过的牛，虽然生命已经消逝了，但是并不知道自己的路已经走到尽头了。

开什在吃东西，医生也吃着东西。他看着爹，跟爹说：“你还是吃点什么吧，看我跟开什。你怎么也得吃点东西。"

"是啊。"爹说，"她也不会吝啬到不让我吃的。"他好像一头在水里跪着的牛一样，猛地就被什么给惊醒了。

我加紧了步伐，这里已经看不到房子了。山崖下面，母牛不停地叫唤着，用鼻子蹭了蹭我，然后又开始在我身上闻，冲我喷出一股带着甜味的热浪似的气流。那股气流透过我的衣服，撞击到了我温热的身体上。它还在哼哼着。"你还得等一下才行，一会儿我就回来照顾你。"我走进谷仓里面，把桶放到了地上，它也跟着我进来了。它鼻子里发出呻吟声，然后冲着桶喷出了一团热气。"我都说过了，你还要等一下才行。我这么多事呢，哪能忙得过来啊！"

谷仓里面一片漆黑，马儿在我经过的时候踢了一下墙，好像踢破的那块墙板是竖着的灰白色的木板。我还在往前走着，然后我就看到了山坡。我已经重又感受到了我脸周围的空气的浮动，那动作很轻。那里一团灰色，不像别的地方那么暗，不过像是蒙上了一层雾气一样，让人看不清楚。松树林像是翘起的山坡上的一个墨团，好像在为着什么而守候。

奶牛在门里面只是一团黑色，它哼了几声，磨蹭着同样是一团黑色的桶。

我差点就穿过去了，从马厩栏杆的前面。它嗫嗫不清地哼了半天才把那个词说明白，我仔细地聆听着，真怕它还没说出来就已经不说了。勒夫……勒夫……勒夫……勒夫……我的整个身体仿佛正在迎接着孤独，对着孤独开放了所有，包括我的血肉、我的骨骼。但是啊，接下来马上到来的那种不孤独的感觉却让人觉得恐惧。我把身子稍微向前斜了一下，一只脚已经迈出去了，但是我并没有向前走去。一团影子在我身前飘过，然后又越过了奶牛。奶牛阻挡了我冲向那团影子的身体，那团影子反而掠了回来，向着那夹杂着哼哼声的气息飘过去，那里有丛林的芬芳和宁静。

"嘿，瓦塔曼，说你了，瓦塔曼。"

他从牲口栏里面冒了出来。

"捣蛋鬼！你这个让人头疼的家伙！"

那团影子的最后一点也飘过去了。"什么啊？我什么都没有做啊。"他并没有反抗地表示。

"你这个家伙。"我的两只手抓着他，开始用力地摇动他的身体。我都不敢想象自己能这么剧烈地摇动，让我觉得自己的双手或许都没办法停下来了。我的手还在不停地摇，摇得我们两个人都晃起来。

"我什么都没做啊，"他说，"我压根儿就没动过它们啊。"

"那你在这干吗了？刚才喊你的时候你怎么不说话啊？"我的手不再摇动了，但是仍然紧紧抓着他。

"我什么都没做。"

"那就赶紧回屋吃晚饭去。"

他开始往后退，"你松开我，我不用你管。"

"那你在这儿躲着干吗？难道是专门来监视我的？"我依然抓着他。

"不是啊，我没有。谁知道你会在这里啊。你赶紧松开我，我不要你管。"

我紧紧地抓着，弯下身子去瞅他的脸。他就要哭出来了，我的眼睛是可以感受得到的。

"你赶紧回去吧，我挤完了奶也马上回去。晚饭我都做好了，要是你不赶紧去的话，他们可就把所有的东西都吃掉了。也许那两匹马自己回到杰夫森了，我希望是这样。"

"是他把妈妈杀死了。"说着他就开始哭了。

"不要乱说。"

"妈妈可是从来都没有害过他啊，但是他来了就把妈妈杀死啦！"

"不要乱说。"他想要挣脱我，但我依然紧紧地抓着他。

"不要乱说。"

"是他把妈妈杀死了。"我又开始摇动他的身体，奶牛到了我们的身后，还在不停地呻唤着。

"别闹了，你给我消停会儿。难道你要让自己生病，让自己进不了城吗？你给我赶紧回屋子里去，去吃晚饭。"

"我不要吃晚饭，也不想到城里去。"

"你再不听话，我们就把你一个人扔在这里，让你一个人待在这儿。赶紧回去，要不那个老家伙就把你的饭都吃没了。"

他终于听我的话离开了这里，山坡上他的身影渐渐消失了。山顶、丛林和房子都把天空当作了背景。奶牛还在我身边不停地磨蹭着，鼻子里发出哼哼声。"你呀，还得继续等着。跟我肚子里的比起来，你乳房里的东西就算不上什么了，虽然我们都是母的。"它还在黏着我，不断哼哼着，然后喷到我脸上一股温热、朦胧、呆滞的白色气流。

他是可以解决我的所有问题的，假如他愿意的话，但是他根本不知道啊！什么问题他都是能帮我解决的，当他知道以后。我的屁股和后背都能感觉到奶牛喷过来的气流，那气流温热而又芬芳，夹杂着哼哼声和打鼾似的声音。山坡和掩映的丛林托起了天空，成片的闪电在山坡后面发出电光，然后暗淡下去。在死寂的黑暗中，死寂的空气在刻画这死寂的大地的线条，而又不单是在勾画这死寂的大地。周围的空气有些温热，透露出死寂的气息，它穿透了我的衣服，直接触碰按压到了我赤裸的身体上。我说呀，你并不知道所谓的烦恼，其实我并不知道那是什么。我没办法确定我是不是在忧虑，也不确定我到底能不能忧虑。我不清楚自己能不能哭，也不清楚自己是不是已经试过了。我觉得自己就像是一颗种在地里的湿润的种子，土地闷热得要死，而我则很躁动。

瓦塔曼

那个玩意儿一旦做好，她就会被他们放到里面的，等到那个时候，我就没有机会再把那句话说出来了。黑暗在我眼前浮现，然后旋转着飘离。"开什，你想把她钉到那玩意儿里面去啊？开什？开什？"我说。谷仓的隔断间有一扇新打的门，这扇门很沉，我根本就没办法推动它。我被它关在了隔断间里，呼吸都变得困难了，空气都被老鼠给抢走了。"你难道真的想钉上这个东西？是不是要钉上它，开什？是不是？"

爹来回逡巡着，他的影子也来回飘移着，一会儿盖在了开什的身上，一会儿盖在了满是鲜血的地板上，一会儿又从锯子上流过。

我们可以弄到一些香蕉的，德威·特尔说。红色的火车停在了轨道上，开起来的时候轨道就会一闪一闪地发光，它就在那扇玻璃橱窗后面放着。城里那么多孩子呢，而我只是个农村的孩子，爹说，面粉啊、咖啡啊、糖啊这些都很昂贵的。为什么我是农村孩子，面粉、咖啡、糖就都是贵的。"可不可以改成吃香蕉啊？"香蕉都已经吃完了啊，已经没有香蕉了。在火车开动的时候，轨道会一闪一闪地发光。

我说："爹，怎么我就不是城里的孩子呢，为什么啊？"上帝在创造我的时候，我没跟他说让他把我创造在农村啊！既然他能够创造火车，那为了那些面粉、咖啡和糖，干吗不把人都创造在城市里啊？"你不觉得吃香蕉更有意思吗？"

他来回逡巡着，影子也来回飘移着。

刚才我在那看着来着，那并不是她，本来我以为是她的，但实际上那不是她。她不是我的妈妈，我妈妈已经离开了，就在那人躺到她的床上把被子拉上来的时候。"她是不是去了城市那么远的地方？""她去的那里，比城市都远呢。""是不是那些负鼠和兔子们也都去了那个比城市还远的地方了？"兔子跟负鼠都是上帝创造出来的。当然，火车也是他创造出来的。但是要是我妈妈跟兔子没有什么区别的话，他干吗还要让它们到其他的地方去呢。

爹来回逡巡着，他的影子也来回飘移着。锯子像睡着了一样，发出打鼾一样的声音。

所以啊，如果开什钉死了那个箱子，那她就不是一只兔子啦。在隔断间里，我都喘不上气来啦，开什还要把那东西钉上。要是她让他钉那东西了，那她肯定不会是我的妈妈的。当时我就在那，我都清楚的。那个时候我清楚地看见，那个人不是我的妈妈，我都看到了。虽然他们全都认为她就是，而开什也打算把那个箱子钉上。

它正在土里躺着所以那并不是她。我现在已经把它剁碎了，我亲自剁的。那条鱼就在厨房那满是鲜血的平底锅里面躺着，要被煮了吃掉。这样看来，当时它不是而她却是，而现在她不是它反倒是了。到了明天鱼就会被煮来吃了，那时她就成了他、爹、开什还有德威·特尔，那个箱子里面啥都没有才好让她呼吸啊。那个时候鱼就在那边的尘土里面躺着。弗龙当时在那里，我可以去找他的，他看见了那条鱼，有了我们两个它就可以是，然后又将不是。

塔 尔

　　快要到凌晨的时候，他叫醒了我们，那时已经开始下雨了。暴风雨转眼间就会到来的，这个晚上真是让人揪心。在这样的夜晚里，什么样的情况都有可能出现，就在人们给牲畜添上草料、回到房间里、吃完晚饭、躺到床上，听到雨滴降下来之前。这个时候，我们看到了彼保第的两匹马。它们拖着已经残破的马鞍，全身都在冒着热汗，颈轭已经被外面那匹马夹到了两条腿中间。

　　"这肯定是安迪·本德仑，她最终还是走了。"可拉见到这两匹马说。

　　"也许是彼保第到这里的十来家中的某一家来出诊了，"我说，"再者说了，你怎么能肯定这两匹马就是彼保第的呢？"

　　"嗯，怎么会不是呢，"她说，"你把它们拴上去吧。"

　　"这是做什么？"我说，"就算真的是她走了，就算我们要去帮忙，那也得等天亮了再去啊。你看看这天，不是马上就要下暴风雨了吗？"

　　"这是我必须做的事，"她说，"你去把它们牵回来就行了。"

　　但是我还是不想去。"你现在根本不知道她是不是真的走了，如果他们需要人手的话，肯定会让人来叫我们的，很明显的嘛。"

　　"喂，这就是彼保第的马，你看不出来吗？你能保证那不是？

赶快去把它们牵回来吧。"

我依然不愿意去牵它们。我觉得如果有人需要我们的话，还是让他们主动过来招呼比较好。

"作为一名基督教徒，这是我必须做的事，"可拉说，"你难道不愿意让我做一名基督教徒应该做的事情吗？"

我说："明天你可以一整天都在那儿啊，只要你愿意。"

可拉叫醒了我，那时候雨已经下了有一阵了。我往门口那里走去，手里拿着灯，故意让灯光打到玻璃上，好让他知道我马上就去开门了，但他还是不断地在敲门。虽然敲门的声音不大，但是一直没有间断，仿佛他在敲门的时候也马上就要睡着了。我并没有留意到敲门声传来的位置有多低，当我打开门的时候，我什么都没有看到，我手里的灯把雨点得得闪亮。我看到外面没人，这个时候我才想到，然后把灯往下降了降，扫视着门外的地上。

可拉在门厅那里喊道："弗龙，谁在敲门啊？"

他穿着一条工作裤，头上没有帽子，泥巴都已经溅到了膝盖上了，他那样子就跟一只落水狗一样。他走了整整四英里，在满是泥泞的路上。

"哦，上帝啊！"我说。

"谁在那儿啊，弗龙？"可拉说。

他脸上那两只又黑又圆的眼睛一直盯着我看，就像灯光中的一只猫头鹰在盯着你一样。他说："你看到了那条鱼了。"

"赶快进屋，"我说，"你这是怎么啦？是不是你妈妈……"

"弗龙！"可拉说。

门外面一片漆黑，他就在黑暗里站着。雨滴击打在了灯上，发出"吱吱"的声音来，像是随时都会爆炸，真是让人担心。

"当时你就在那里，你都看到了。"他说。

可拉也走到门口来了。她说："赶快进来，别在雨里淋着了。"说着就把他拉了进来。他跟一条落水狗一样，一直盯着我看。

"赶快去把马拴上，早都跟你说了肯定有事了。"

"但是他还没说……"我说。

他盯着我，身上的水全都滴到了地上。"再这样地毯就完蛋了，"可拉说，"我带他去厨房，你赶快去把马拴上。"

他身上往下滴着水，身子往后退了下，那双眼睛一直盯着我看。"当时你就在那里的，你都看到它了，它就在那儿躺着。开什老是想着要把她钉到里面去。你都看到了，那时候它就在地上躺着，你也能看到尘土里面的痕迹。我来这里的时候，雨下得还不大，如果我们现在回去，还赶得及。"

听了他的话，我感到一阵发怵，尽管我还不太明白他在说什么。不过可拉明白了："赶快的，你去牵那两匹马，他这伤心得都迷糊了。"

真的，我感觉发怵。有时候，人们真的要好好想想，琢磨一下这个世上的那些忧愁，想象着它们会跟闪电一样击过来，在任何时候任何地方。我想着人们怎么也得对上帝有足够的信任啊，这样才能保全自己，尽管我认为可拉有的时候太苛刻了，似乎是想要把上帝身边的那些人都推走，然后她好跟他挨近一些。但是在某一天，这种灾难降临的时候，我觉得她做得还是蛮正确的，人嘛，对这些事情是要多想想。我的运气真的是太好了，这辈子能娶到这样一个品德高尚、一心做善事的老婆。她也经常说我很有福的。

有的时候人是要琢磨一下这些事情的，不过也不用总去琢磨，那样的话就更棒了。上帝是想要人们多做一些更加实际的事情的，他不想让人们浪费那么多的精力去无休止地思考事情，人的大脑跟机器是一模一样的，不能承受太多的运转。最完美的情况，就是照平常那样去做，每天都做一样的事情，别让某个零件承担得太多了。之前我是说过的，不过现在我还是想说，特尔的病根就是这里，他就是一个人思考得过多了。其实可拉对这件事情的看法很正确，她认为特尔得娶个媳妇，然后让媳妇除掉他这个病根。想到这些，我又不由自主地冒出另一个念头：如果谁挽救自己的办法只能是娶个媳妇，那他岂不是太没出息了。但是回过头来，我又觉得可拉的说法正确，她认为上帝创造女人的原因，就是男人即使看到了自己的优点，也没有办法认出它来。

他俩到了厨房里，那时候我刚把那两匹马牵到房间里来。她在睡衣外面套上了衣服，头上裹着一块头巾，手里还拿了一把伞，《圣经》外面裹着一块油布。地上放着一片垫高炉子用的铁皮，上面倒扣着一只铁桶，他就按照她的吩咐坐在铁桶上边，身上还是有水不断淌到地上。

"他一直在说什么一条鱼，其他的我什么都问不出来。"她说，"这是上帝的意愿降临到了这个孩子的身上，这是上帝对他们的报应啊，是对埃斯·本德仑的惩罚和警示。"

"我都已经离开家了，"他说，"天开始下雨的时候，我已经从家里出来了，我已经到了路上。所以鱼还在尘土里，你都见到了。开什非得把她钉死在那个箱子里面，但是你都看到了啊。"

当我们到达本德仑家的时候，还下着很大的雨。瓦塔曼坐在车座上，夹在我和可拉中间，被可拉的披肩围了进去。他就那么坐着，什么也不再说，可拉在他头上支了把伞。再过一会儿，她肯定会暂停嘴里唱诵的赞美诗，来一句："这是在惩罚埃斯·本德仑啊，让他知道自己所走的道路是多么的邪恶。"然后，就会继续刚才的唱诵。他在我们两个中间坐着，稍微向前倾斜着，仿佛是觉得骡子走得有些慢了。

"它那个时候就在那里躺着。"他说，"但是当我从家里出来，走到路上之后，天就开始下雨了。她还没有被开什钉死进去，我能过去把窗户打开的。"

我们把最后一颗钉子凿了进去，那时候都已经过了半夜了。回到家之后，我卸下牲口的笼头，回到了床上，然后我看到一边的枕头上放着可拉的帽子。天都已经快要亮了。真是该死，我好像还在听着可拉唱诵那首赞美诗，好像那孩子依旧在我们两个中间坐着，身体往前趴，似乎要超越骡子，还看到开什还在一下下地锯木头，埃斯愣愣地站着，跟个草人一样，又像是一头牛站在池塘里，池塘里的水没过了脚踝，就算是谁掀起池塘的一角把池塘翻过来，他也肯定一点都不会知道的。

在把最后一颗钉子钉进去之后，我们就把棺材抬进了房间里。那时候天都要亮了，她在床上躺着，雨水穿过打开的窗户敲打在了她的身上。他都这么做了两次了，看他睡得那么沉，可拉说他的脸就像是在地里埋了一段时间之后，刚刚出土的本地圣诞节假面具。终于，他们还是把她抬到了棺材里面，然后钉上棺材盖，省的他又跑去帮她打开窗户。第二天早晨的时候，他们看到他睡到了地板上，睡得很深，身上只穿着一件衬衣，就像是一头牛被打翻在地。棺材的盖子上被钻出了不少的小洞，最后那个洞里还竖着一根断掉的钻头，那是开什新买的螺丝钻。他们打开了棺材盖子，看到其中有两个洞的位置，钻头都已经钻上了她的脸。

要说这是惩罚的话，那是不是有些过火了。上帝有那么多的事情要做呢，干吗搞得那么严重。他不是日理万机吗？要是说埃斯·本德仑还背着什么包袱的话，那包袱也就是他自己了。当人们在他背后悄悄对他说三道四的时候，我是这么想的：他应该还不会那么不像样子，要不然的话，在这样的氛围下面，他怎么还会坚持这么长的时间。

这么严厉地来惩戒一个人，那绝对是错误的。要是没有错的话，那我就不算是个人。就算是你引用耶稣说的让孩子来我这里①也是无济于事的。可拉说了："我为你生养的那都是上帝赐予的，我对上帝的信仰如此虔诚，因此就算我面对的是这样的情况，我也不会感到恐惧和害怕，因为有那种信仰在支撑着我，我能从中得到鼓励。就算是你没有儿子，那也是万能的上帝有他自己的打算。面对着上帝的所有信仰者，我的生命可以像一本书一样打开，我信任上帝，也信任他给我的一切恩赐。"

我觉得她说得没错。我想，如果要在世界上所有的男人和女人里面找一个人，可以承担上帝托付的整个世界，而他可以毫不担心地离开，那么这个人就只能是可拉。我想她也许会有什么变动，不同于上帝所采用的管理方式。所有的变动都是为了让人们生活得更

---

① 出自《圣经·马太福音》，耶稣说："让孩子来我这里，天堂是属于他们的，不要阻挡他们。"

加美满，我觉得是这样。不管怎么说，我们都只能开心地接受这些变动。不管怎么说，我们只要过自己的生活，同时表现出开心的模样，这样就没问题了。

特 尔

在一个树墩子上面放着一盏煤油灯，这盏灯都已经生锈了，浑身都是油腻，灯罩子也开裂了，其中一边都被冒出来的烟给熏黑了。这盏灯发出有些沉闷的微亮的光线，照在了架子、木板还有附近的地面上。黝黑的泥土上面零星散落着一些小木片，就像是有人在黑色的画布上面随意地抹了几道白色的油彩。木板很像是一些长条形的破烂衣物，被人从死寂的黑暗里面拽了出来，就是把里子给翻到了外面。

开什来回走动着，围着那个架子在干活。他把木板拿起来，然后又放下去，碰撞的声音在沉闷的空气里显得那么悠长，就好像这个动作发生在某个看不到的井底，虽然响声停歇了，但是仍然在那里隐藏着，只要一有什么风吹草动，它们就会在空气里冒出头来，融进那不断重复的响声中去。开什的胳膊肘慢慢动着，他又开始拉他的锯子了，每一个动作，都能使锯齿那里出现一排零星的火花，在上面或者下面，燃烧然后再熄灭，让锯子形成一个六英尺长的完整的椭圆，那个侧影没有一点胆量地往爹那里退缩，冲进去又冲出来。"递给我那块木板，"开什说道，"不是那块，那一块。"他把锯子放下，然后过来拿起了自己需要的那块板子，平衡着的木板发射出拉长的晃动的光线，好像爹都被挤到旁边去了。

　　有硫黄的味道飘荡在周围的空气里。落在云彩上面的他们的影子，就像映在墙上的影子那样捉摸不定。跟声音差不多，影子在映上去的时候并没有离得很远，只是暂时在那里积聚了一小会儿，仿佛在沉思什么。开什还在专注于他的工作，灯光照亮了他的一半身躯，那条细得像根竹竿的胳膊跟那条腿都在用力，他的脸正摆在他那条没有劳累感觉的胳膊肘上面，展现出一种专心致志、很有力量感的画面，那幅画面斜着刺进了灯光里面。在天空的下面成片的闪电正在小憩，树木在闪电的照耀下挺立着，包括那最小的枝杈，它们看上去很臃肿，就像不安分的孕妇。

　　雨点掉了下来。最开始的雨点迅猛而又稀拉，它们从树叶上扫过，敲击到了地上，一声悠长的叹息从中发出，好像是终于从难挨的紧绷感觉中解脱出来，突然感到了畅快。雨点跟大颗的霰弹差不多大，还有着温度，像是刚刚从枪管里喷射出来，它们打在了灯上，暴戾的吱吱声传了出来。爹微张着嘴，抬起了头，在他的牙龈部位密密地粘着一圈潮湿的黑色鼻烟。从他那松弛的脸上的吃惊表情可以看出来，他好像正站在时间之外的原点上思考着，思考着最后的野蛮力量。开什手里的锯子依然在平稳地活动着，像活塞一样运动的锯齿窜出一串飞舞的花火。他抬起头看了看天，然后又看了一眼那盏灯，说道："找什么东西来遮一下灯吧。"

　　爹往屋子那边走过去，大雨突然就泼了下来，既没有打雷的提示，也没有任何预兆。刚刚走到走廊那里，他就给冲到走廊里面去了，开什也在眨眼之间就全身都被淋湿了。不过那把锯子还在坚定不移地上下移动着，就好像它跟那条胳膊的动作都被某种坚定的信念所支撑着，认定是心里的幻想创造了这场雨。然后开什把锯子放下，过去往那盏灯的旁边一蹲，用自己的身子给它挡雨。他的衬衫都被淋湿了，把他整个后背都显露出来，看上去瘦骨嶙峋，好像他的衬衫跟身体都已经翻过来了，把骨头翻到了外面。

爹走了回来。他穿上了朱埃尔的那件雨衣，把德威·特尔的那件拿在了手里。开什还在灯的旁边蹲着，伸手到后边去拿了四根木棍，然后把木棍插到了地上，把爹手里那件德威·特尔的雨衣拿了过来，撑起来那四根木棍上，在灯上面盖了一个顶子。

爹看着他，说："你自己呢，你怎么办？特尔的雨衣被他自己带走了。"

开什说："淋着就行。"然后他拿起自己的锯子，又开始一下一下地上下拉着，那动作没有丝毫慌乱，任什么也无法阻止，就好像一只正在机油中运动的活塞。他的全身都被淋湿了，身子像小孩或者老头那样瘦小，但是他没有一丝疲惫的迹象。爹眨了眨眼睛，看着开什，脸上的雨水不断往下流着，然后他看了看天上，脸上显露出那种沉思、冷静、愤怒而又自嘲一样的神情，就好像所有的一切都已经被他事先想到了。他过一会儿就动一动，迈步走几下，憔悴的脸上都是水，他总是拿起一块木板或者什么工具，然后又再放下。弗龙和塔尔太太这个时候都出来了，塔尔太太的雨衣给了开什，开什就跟弗龙一起找锯子。找了半天，然后他们就看到锯子就在爹的手里。

"你还是到房间里去避雨吧。"开什说。爹瞅着他，任凭雨水在他脸上恣意地流淌。就好像一个内心狠毒的讽刺艺术家雕画出了一张脸，让世上那些丧失亲人的最痛苦荒谬的表情在上面流淌。"你赶快回屋子里去吧，"开什说，"我跟弗龙就能搞定了。"

爹瞅了瞅他们。他穿着朱埃尔的雨衣袖子有点短。雨水从他的脸上流淌下来，速度很慢，就跟冷冻的甘油一样。"就算我挨淋，我也不会责怪她的。"他说。他动了一下，又伸手去搬那些木板，搬起来之后又轻轻地放了下去，就好像那些木板都是玻璃做的。他走到灯的旁边，拉扯了一下上面撑着的雨衣，就把雨衣和棍子都弄倒了，开什没办法，只能自己过去把它们再支起来。

"你赶快回屋子里去吧。"开什说。他把爹拉进了屋子里，出来的时候把雨衣也带了出来，然后叠起来放在了为那盏灯挡雨的架子里面。弗龙的手一直没有停下，锯子仍然在他手中拉动着，他抬起头看着。

"早晚都要下雨，你该早点让他进去。"他说。

"他这人就这样。"开什说着，瞄了一眼木板。

"还真是，"弗龙说，"他老是忍不住想过来。"

开什眯缝着眼瞄着木板，密密麻麻的雨点像波浪一样，冲击着那长条木板的侧面。"我想用刨子把这块木板弄成斜角的。"他说。

"那样就更费时间了。"弗龙说。开什让木板的一边冲着下边，让它竖立起来。弗龙瞅了他一阵，就把刨子给了他。

弗龙攥紧了木板，开什把边刨成斜角的时候仔细得像一个珠宝匠，那种仔细都快让人觉得厌烦了。塔尔太太来到走廊边，问弗龙："还有多少没干完啊？"

弗龙没有抬起头来。"还剩不多，不过还得一会儿才行。"

她的目光注视着开什，开什在木板上方弯着身子，只要一有动作，雨衣上就映出了那盏灯的浮躁的流光。"你们走两步到谷仓那里去，从那里拆点木板来，抓紧做完了好回屋子里来，省得老这么淋着。这样下去你们会把命搭进去的。"她说。

弗龙并没有动作,她喊道:"弗龙。"

"马上就做完了,"他说,"再加把劲我们就干完了。"塔尔太太待在旁边又看了一阵儿,之后回到了屋子里。

"也许我们可以从那儿拆几块木板过来,如果这里的真的不够的话,"弗龙说,"等将来我再帮你补上它。"

开什手里的刨子停了下来,他眯着眼瞄着木板,然后用手磨了两下。"给我那一块。"他说。

在天快要破晓的时候,雨停了。不过开什在钉最后一根钉子的时候,天还没有亮呢。钉完钉子之后,他直起了发僵的腰板,低着头看已经打造好的棺材,旁边的人都在看着他。他的脸被灯光笼罩着,看上去很安详,好像是在冥想。他在腿部的雨衣上擦了擦手,那动作很慢,充满了坚毅和从容。之后开什、爹、弗龙跟彼保第把棺材扛了起来,往房间里面走去。棺材并不重,不过他们还是走得非常缓慢;虽然棺材里什么都没有,不过他们抬得还是非常小心;虽然这口棺材并没有生命,但是他们在抬着它的时候却还是有意识地压低自己的声音,生怕在提起它的时候说错了什么,然后就让一切成真了,就让它也有了生命,一个正在短暂休息,不久就能醒过来的生命。他们的脚十分别扭地踩到了暗淡的地板上,步伐十分沉重,仿佛有很长时间他们都没有在地板上走过了。

他们把它放到了床边。彼保第说:"天已经亮了,我们还是去吃点东西吧。开什去哪里了?"

他跑回架子那里去了,就着暗淡的灯光,他弯腰捡起了他的那些工具,然后仔细地用一块抹布擦了又擦,之后就把它们放回到那个有皮背带的工具箱里。他把箱子、雨衣跟灯都拿了起来，往屋子里面走去。东方露白的天际映出了他正走上台阶的身影，那身影还有些模糊。

在陌生房间睡的时候，你一定要让自己的脑袋放空才行，那样才能睡着。但是在那之前呢，在你放空自己打算进入睡眠状态之前，你是什么。当你真正放空了自己即将进入睡眠状态的时候，你什么也不是。当你很想睡觉的时候，那你就自始至终都不是什么了。我搞不清楚自己是什么，到底是不是，我也不清楚。朱埃尔是知道的，他知道他自己是，因为他不知道这些，他不知道自己是不是。他没办法把自己放空了去睡，那是因为他不是又是而是又不是。透过那堵躲过了灯光的墙壁，我可以听见外面的雨水击打大车的声音。那是我们的大车，组成大车的材料虽然是他们砍倒锯开的，然而现在已经不属于他们了。也不属于它们的买主，也不属于我们，就算它们就在我们的大车里，风雨单纯地为我和没有睡着的朱埃尔刻画了它们的线条。因为睡眠是"无"，风和雨是过去的"有"，所以木材也是"无"。但是大车是"有"，要是大车也是"无"了，那安迪·本德仑也就是"无"了。现在朱埃尔是"有"，那安迪·本德仑当然也是"有"。由此推断，我也是"有"，不然我怎么可能在陌生的房间里放空自己去睡觉呢。因为我还没有空，所以我就是"有"。

曾经无数次地在雨中，我在陌生的屋檐下躺着，心里念着家。

开 什

它被我做成了斜面对接的。这样的话：

一、钉子可以有比较大的受力面积。

二、每个边接触的面积两倍于原来的面积。

三、雨水通常都是沿着竖直或者水平方向流动的，而这样的话雨水就只能是倾斜着渗透到棺材里面。

四、人在房间里生活的时候，有三分之二的时间是站立着的，力的方向都是垂直的，所以在设计屋子的连接面和榫头的时候都是让它们在垂直方向上的。

五、人上了床之后是躺着的，力的作用方向是水平的，所以床的连接面和榫头都设计成了水平方向的。

六、但是。

七、人的尸体不会跟枕木似的那样四四方方的。

八、这里面还有生物磁场的事。

九、尸体的生物磁场会让力量的作用方向倾斜，所以棺材的连接面跟榫头也要设计成斜的才行。

十、那些老旧的坟墓的土通常都是斜着往里面下陷的，这人们可以经常见到。

十一、但是如果是一个通过自然力量形成的洞穴，那么它的力量作用方向就是垂直的，所以它的塌陷的地方就通常是在正中间。

十二、就是因为这个，我才把棺材做成了斜面对接的样式。

十三、这样的话，这项工作就完成得非常完美了。

瓦塔曼

我的妈妈，是一条鱼。

塔 尔

十点钟的时候我才又回来，大车的后面拴着彼保第的那两匹马。

奎科发现一辆四轮马车横在一条沟上面，已经完全翻过去了，沟离着小溪有一英里远，那辆四轮马车已经被它们从出事的地方拖了回来。之前就有十来辆大车在那里发生过这种事情，它从小溪那里被拖到了路的外边。奎科发现了这件事。河水涨起来了，并且还在不停地上涨，他说。他在桥上见过的最高的水的痕迹也已经被水淹没了，他说。"这样大的水不是那座桥能承受得住的，"我说，"有没有人把这件事告诉埃斯？"

"我跟他说了，"奎科说，"他觉得那两个年轻人都已经知道了。现在他们肯定已经撂下了货物开始往回赶了。他觉得他们能带着棺材通过那座桥。"

"我看不要过桥了吧，一直朝前走，在纽霍普安葬她算了，"阿姆斯蒂说，"那座桥简直太陈旧了，我可不想用自己的命去跟它闹着玩。"

"他都已经决定了，一定要送她到杰夫森去。"奎科说。

"那么它就得赶紧去了。"阿姆斯蒂说。

埃斯在门口那里接着我们了。他虽然刮了胡子，但是刮胡子的技术明显比较差，他的下巴那里被刮出了一道很长的口子。他上边穿了一件衬衫，连最上身的扣子都被牢牢地扣上了，下边穿着只有礼拜天他才会穿的裤子。他的衬衫已经趴在了他那佝偻的背上，更衬托出了他的驼背，在这方面衬衫做得还是不错的。他的脸看上去也跟往常有些不同了。他直直地跟我们对视着，很有庄严的意味，一种深沉的悲伤流露在他的脸上。他跟我们握手了，当时我们正在走廊上抹去鞋上的泥，我们穿的是礼拜天的衣服，衣服有些硬，发出了簌簌的声音。在他招呼我们的时候我们并没有抬头去看他。

"赏赐者是耶和华。"我们说。

"赏赐者是耶和华。"

那个小家伙并不在那儿。彼保第跟我诉说了经过，他到厨房之后，看到可拉煮那条鱼了，就叫喊着冲上去撕挠狠掐她，德威·特尔没有办法了，只能把他关到了谷仓里。"我的那两匹马有没有什么问题？"彼保第问。

"没有，"我说，"今天早晨我还喂了它们。你的马车看上去也没什么问题，看不到损伤的地方。"

"不知道是谁弄的，"他说，"马跑掉的时候，不知道那个孩子在哪儿了。"

"如果马车哪里坏了话，我能帮你修理的。"我说。

女人们都进到房间里去了。里面传出了她们交谈和用扇子扇风的声音。扇子呜呜不停地响，她们也在不停地说，那声音就像是水桶里有一大群蜜蜂在嗡嗡乱飞。男人都在走廊上站着，偶尔闲扯两句，互相都不看着对方。

"好啊，弗龙。"他们说，"好啊，塔尔。"

"看这天气，估计还得下雨。"

"一定还会下的。"

"那是肯定的，伙计，而且还不会小。"

"这雨来势汹汹的。"

"走得保准又是慢悠悠的，看着吧。"

我来到房间的后面，开什正修补着那个小家伙在棺材盖子上钻出来的洞。他正在一个一个地削木塞来修补那些洞，木头有点潮，很不好削。其实他完全可以用一只剪开的铁皮罐头来遮掩那些窟窿，没有人会去在意这点区别的。至少他们不会去介意。他削一个木塞就用了一个钟头，这我都看在眼里，他像做刻花玻璃那样削这些塞子。本来他可以随便弄些小木棍来凿进那些洞的，那样也足够了。

忙活完我们的工作之后，我回到了房子前边。男人们有的坐在木头两边，有的坐在了锯木头的架子上，离房子远了一点。我们昨天就在这里做的棺材，有坐着干的，有蹲着干的。惠特菲尔德还没来呢。

他们抬起了脑袋，看着我，用眼光向我咨询。

"快好了，"我说，"他正要钉上那匣子呢。"

他们刚站起来，埃斯就到门口这儿来了，他望着我们，然后我们就都回走廊上去了。我们又开始很认真地抹去鞋子上的泥巴，在门口那里磨蹭着，都不想自己先进去。埃斯在门里面站着，看上去很庄重，他摆了摆手，引着我们往屋子里面去了。

她被倒过来放在了棺材里面。开什做的棺材是一口钟的形状，就是这个样子的：

所有的连接面和榫头都被做成了斜着的，用刨子刨得严丝合缝，像一只鼓那样密不透风，像针线盒一样精致巧妙。他们把她的头和脚倒过来放了，这样就不会让她的衣服出现褶皱了。她穿的是她的结婚礼服，下摆那里有很多衣褶，头跟脚倒过来可以让裙裾伸展开。他们又剪下一片蚊帐作为她的面纱，用来遮盖她脸上被钻出来的那两个洞。

我们正往外边走的时候，惠特菲尔德到了。他的身上从腰那儿往下都湿了，上面还粘满了泥。"上帝是怜悯这个家庭的。"他说，"桥被大水给冲跑了，所以我才来这么晚。我绕到了以前的浅滩那里，骑着马从水里趟过来的，还好有上帝的保佑。愿上帝也赐福这一家人。"

我们又走回到了木头和架子那里，有的坐下了，有的蹲下了。

阿姆斯蒂说："我就说嘛，那座桥肯定会被冲跑的。"

奎科说："那座桥都在那儿待了那么长时间了。"

贝利叔叔说："你应该说那是上帝的旨意，这二十五年的时间里，我还从来没见过哪个人说去用凿子修理一下那个桥的。"

奎科说："贝利叔叔，那座桥在那儿待了多长时间啦？"

贝利叔叔说："那是……我想想啊……一八八八年建造的，彼保第第一个从那座桥上走过，所以我到现在还清楚地记得，他那天来我家是给乔迪接生的。"

彼保第说："贝利，如果你老婆每次生孩子都要我过那座桥的话，那它早就垮啦。"

我们全都笑出来了，声音猛地就变大了，然后又猛地静了下去。所有的人都在闪避别人的视线。

休斯顿说："那么多曾经在桥上走过的人，再也没办法走过任何一座桥了。"

利德尔江说："说得没错啊，这是实话。"

阿姆斯蒂说："现在又有一个人过不了桥了，以后再也过不去了。他们要花个两三天的时间用大车把她送到城里去。他们还得用一个礼拜的时间把她送到杰夫森，之后再赶回来。"

休斯顿说："埃斯为什么要这么着急地想要送她到杰夫森去啊？"

我说："他对她做过许诺，是她这么决定的，非得要这么办。"

奎科说："埃斯也执意要这么办。"

贝利叔叔说："就是，有这种人，他们这一辈子都凑凑合合地过来了，突然就决定要去办成什么事，然后就把麻烦带给了他认识的所有人。"

彼保第说："哈，埃斯是没办法让她过河了，只有上帝才办得到。"

奎科说："我认为上帝会去做的，这么长时间了，他一直在偏向埃斯。"

利德尔江说："这倒是真的。"

阿姆斯蒂说："都偏向那么长时间了，现在想不偏向也不行了。"

贝利叔叔说："我觉得他跟附近的人们都是一样的，偏向了他那么长时间，现在想停下也不行了。"

开什走了出来。他身上换了一件整洁的衬衫，湿着的头发很柔顺地贴在了他的脑门上，发着乌黑的光，就像在头上刷了一层漆。我们都看着他，他走到我们中间，很僵硬地蹲下了。

"对于这种天气你应该有些什么感觉的吧？"阿姆斯蒂说。

开什什么也没有说。

利德尔江说："骨头断过就都很敏感，那些断过骨头的人都能预测雨天的来临。"

"开什还是挺幸运的呢，才断了一条腿，要是点背的话，说不定他这辈子就躺在床上了。你摔下来的那里有多高啊，开什？"阿姆斯蒂说。

"差不多二十八英尺四点五英寸。"开什说。我移到了他旁边。

奎科说："在那种湿漉漉的木板上站着非常容易滑倒。"

我说："真不走运，但是那时候你也没有办法不是。"

他说："都怪那些女人，我做那口棺材考虑的是她的平稳，依照的是她的身形和重量。"

如果在湿的木板上一定会滑倒的话，那说不定会有多少人在这种破天气里摔倒了。

我说："你那时候不是也无可奈何吗！"

我可不管别人会不会摔倒，我只关心我的棉花和玉米。

彼保第也不会关心那些的，是不是啊，医生？

肯定的！大水早晚会把那些冲没了。灾难貌似总是躲不过去的。

必须这样，要不然东西哪能涨价。如果一切都顺顺利利的，每家都能丰收，谁还会愿意去种地啊！①

唉，我怎么可能情愿眼睁睁地看着自己的果实被大水冲跑呢，那可是我的血汗啊！

---

① 这是当时的现实情况，丰收之后农作物的价格会降低，反而会使农民的收入降低。

很明显的啊，不关心庄家会不会被水冲跑的人都是能掌握一切的人。

谁能掌握一切呢？哪里能找到这种人的眼球的颜色？是了，让作物成长的是上帝，那他想用大水把庄家冲跑，啥时候都没问题啊。

我说："你那时候不是也无可奈何吗。"

他说："都怪那些女人。"

屋里面的那些女人唱起歌了。第一句歌声传了出来，然后她们觉得差不多了，就把声音提高了。我们都站了起来，往门口那里走过去，摘下了帽子，吐出嘴里咀嚼的烟叶。我们并没有进去，在台阶上驻足，拥挤地站着，放在身子前边或者后边的放松的手里夹着帽子，一只脚伸到了前边，低着头，视线要么是投向旁边，要么是投向手里的帽子，又或者是投向地面，偶尔看看天，偶尔看看别人那肃穆的神情。

随着一段深沉的、越发微弱的低音，女人们发颤的声音停下了，一首歌唱完了。惠特菲尔德打开了他的喉咙。他的声音很大，跟他的人不太匹配。似乎他跟他的声音不是一个整体。他是独立的，他的声音也是独立的，他们各自骑着自己的马蹚过浅滩的水来到了屋子里，一个身上满是泥巴，另一个浑身没有一滴水，兴高采烈而又充满悲伤。屋了里的每个人都哭了起来。那声音就跟她的眼睛和声音都往里翻转着仔细聆听似的。我们动了动，把身体的重量放到另一条腿上，触碰到别人的目光的时候，却装着并没有这么做。

惠特菲尔德停了下来，然后又响起了女人们的歌声。她们的歌声仿佛是来自周围凝滞的空气，到处飘荡，然后聚集在了一起，形成一段段的悲伤又带着安慰的旋律。当歌唱完之后，好像那些声音并没有散去，只是在周围的空气里潜伏着，只要我们稍微动一下，它们就立马在我们周围重新闪现，悲伤又带着安慰。等女人们唱完了歌，我们重新戴上了帽子，动作很僵硬，就像我们之前都没有戴过帽子。

我们在回家的路上前进着，可拉还在不停地唱："我走向上帝和对我的恩赐。"她在大车上坐着，肩膀上披着披肩，虽然不下雨了，但是她还是把伞撑在了头上。

"她终于得到上帝对她的恩赐了，无论她要去哪里，"我说，"她终于是离开埃斯·本德仑了，这是上帝对她的恩赐。"

当特尔跟朱埃尔回到家里，带上一只新车轮重又回到那辆掉到沟里的大车旁边时，她在那个匣子里躺了已经有三天了。我说，埃斯，你可以用我的牲口。

他说，我们要用自己的，她也会让我这么做的，她的要求一直都很高。

他们回来的时候，已经是第三天了，他们把她放到大车上启程了，只是时间都那么晚了。你们得从塞姆森家的桥那里绕过去。到那里你们就得用一天的时间，何况那里到杰夫森还有四十英里的路程。埃斯，你可以用我的牲口。

我们用自己的，她也会让我们这么做的。

在离开本德仑家一英里的地方，我们看到了他，当时他正在一个泥潭旁边坐着。就我所知道的，那个泥潭里根本就没有出现过鱼。他回过头来，瞪着圆圆的眼睛看着我们，神情很安静。那张脸脏兮兮的，一根鱼竿横在他的膝盖上。可拉还在唱着圣歌。

"现在不是钓鱼的好时候，你跟我们回家吧。"我说，"明天早晨我就带你去河边，我们可以抓很多鱼。"

　　"这里就有一条，德威·特尔见到了。"他说。

　　"跟我们回家吧，去河里抓鱼不是更好吗？"

　　"这里就有，德威·特尔见到了。"他说。

　　"我走向上帝和对我的恩赐。"可拉唱着。

特　尔

"死的可不是你的马，朱埃尔。"我说。他就那么呆呆地坐在位子上，身体稍微往前倾着，后背像一块木板那么直。他的帽檐上全是水，其中两个地方软软地耷下来，盖在了他那张呆滞的脸上，所以他在低头的时候只能穿过帽檐看外面，就跟通过头盔上的面具看外面一样。他的视线跳过了山谷，望向了山崖旁边的谷仓，望向了他脑子里的那匹马。"能看到它们吗？"我说。它们盘绕在我家房顶上，盘绕在敏捷而又凝重的空气里，它们盘绕的圆圈越来越小。如果从这里看过去的话，它们也就是一个个的黑点罢了，固执而又让人忧心的黑点。"但是死去的不是你的马。"

"滚蛋！滚蛋！"他说。

我没有妈妈，所以我也没办法爱我的妈妈。朱埃尔的妈妈是那匹马。

兀鹰在高处的天空盘旋，身体没有丝毫动作，云彩的飘动让人们误以为是它们在后退。

他僵直地坐着，腰挺得很直，呆滞的脸上没有一丝表情，幻想着自己的马儿弯着背，就跟一只半拢着翅膀的鹰一样。他们都等着我们呢，等着他，还要去抬棺材呢。他走进马厩里，等马儿踢他的

那一刻，身子一扭就蹿过去，跃到马槽上，就那么待着，透过马厩
的房顶盯着空无一物的小路，之后就爬上存放干草的阁楼。

"滚蛋！滚蛋！"

开 什

"要是这样子放的话，那就一边轻一边沉啦。要想平稳地搬运的话，我们得……"

"抬啊，赶紧抬啊！"

"我跟你说，这个样子搬运的话很不平稳的，只能……"

"抬啊，你这个蒜头鼻子的蠢猪，你倒是抬啊，抬啊！"

这么放的话，那就一边轻一边沉啦。要想平稳地搬运的话，他们得……

特　尔

八只手抬着棺材，其中有两只是他的，他跟我们一样在棺材上方佝偻着身子。他的脸上一股一股地充血，然后血气又退下去，之后他的脸色就发青了，就跟草料被牛反刍过了一样，变得光滑、紧绷并且颜色发青。他的脸憋得通红，咧开的嘴都露出了牙齿。"抬啊，你这个蒜头鼻子的蠢猪，你倒是抬啊。"他说。

他突然间使出一股子力气，把一个边全都抬了起来，为了不让他把整个棺材掀翻，我们只好加紧跟着使劲。棺材就跟有自己的思想一样，拼力抗争了好半天，好像棺材里面已经失去了生命的她仍然在用那瘦得像竹竿的身体抵抗着，好让自己至少显得庄严一些，就像是要把自己不小心弄脏的一件衣服拼命遮盖起来一样。然后棺材动了起来，猛地就飘起来了，就像因为她的身体的缩小而使得木头浮了起来，又或许是看到自己的衣服被别人抢去了，她就不管棺材怎么样，自顾自地往前冲过去抢夺。朱埃尔脸上的青色更深了，都可以听到他的呼吸声中夹杂的咬牙的声音。

我们双脚凝滞地踩过地板，抬着棺材让我们走得歪歪扭扭，我们通过了门厅，走出了门口。

"先等一会儿。"爹说，他放开抬棺材的手，然后转身去关门、锁门，不过朱埃尔可不想等着。

"赶快走啊,快点走!"他在急促的呼吸间隙里发出声音。

我们走下了台阶,我们抬得非常小心,边走还要边保证它的平稳,就跟抬着一件天大的宝贝一样。我们别开脸,没有用鼻子呼吸,只用牙齿的间隙吸气。我们从小路上下来,走下山坡。

"我们还是先停下来吧,"开什说,"我跟你们说,棺材现在不平稳,还得找个人搭手我们才能下山坡。"

"那你就松开吧。"朱埃尔可不想去等。开什被抛在后边了,他想追上我们,不过步子有些艰难,呼吸很沉重,然后跟我们的距离就越来越大。朱埃尔一个人抬着整个棺材的前边,在倾斜的路面上,棺材的另一头就抬高了,然后它就从我的手里滑了出去,像一只雪橇一样在那看不到的雪上往下滑,挤走了途中的空气,只留下了棺材的影子。

"先停一下,朱埃尔。"我说。不过他不听我的,步子越来越快,都差不多是在跑了,开什被远远抛在了后面。我自己抬的这头现在就跟没有重量一样,变成了一根轻飘飘的干草,飘荡在朱埃尔低落的思绪里。我都还没碰到棺材,朱埃尔就转动身子,让棺材跑到前边去了,然后他伸手把棺材接住,就着推到了大车上,他回头看着我,脸上都是气愤和失望。

"滚开!滚开!"

瓦塔曼

我们就要去城里了，它不会被卖出去的，德威·特尔跟我说，它是圣诞老人的，圣诞老人要拿回它，然后在下一个圣诞节的时候再把它拿出来，把它摆在那个玻璃橱窗的后边，在那儿闪着光等待着。

山上走下来的是开什跟爹，不过朱埃尔往谷仓那个方向去了。"朱埃尔。"爹喊着。朱埃尔并没有停下。"你去哪儿啊？"爹又问了一句，朱埃尔还是自顾自走着。"把那匹马留下吧。"爹说。朱埃尔停下了，盯着爹，两只眼睛瞪得跟两颗弹珠似的。"把那匹马留下吧，"爹说，"大家一起坐大车走，陪着你妈妈，这也是她想要的。"

但是我妈妈是那条鱼啊。弗龙当时在，他都看到了。

"那匹马才是朱埃尔的妈妈。"特尔说。

"那条鱼也能是我的妈妈了，对不对，特尔？"我说。

朱埃尔是我哥。

"难道我妈妈也只能是一匹马吗？"我说。

"那又是因为什么？"特尔说，"如果爹是你的爹，怎么就因为朱埃尔的妈妈是一匹马，你的妈妈也非得是一匹马？"

"怎么回事？怎么回事，特尔？"我说。

特尔是我哥。

"那你妈妈是什么啊，特尔？"我说。

"我就没有妈妈。"特尔说，"就算我有妈妈那也是以前了，要是曾经的事情，也就不会再是现在的事情了，对吗？"

"不会是了。"我说。

"那我也就不是了，对不对？"特尔说。

"是不是了。"我说。

我是的，特尔是我哥。

"但是你确实是啊，特尔。"我说。

"这我知道，"特尔说，"不过这也就是我为什么不是。如果我是，一个女人怎么可能有这么多孩子。"

爹看着开什，开什背上了工具箱。"回来的路上我要在塔尔家那里停下，"开什说，"我得修理一下那里的谷仓顶子。"

"你那是不恭，"爹说，"那是对我和她的蔑视。"

"你的意思是想让他跑着回来然后再背上那些家伙走到塔尔家那里去吗？"特尔说。爹盯着特尔，嘴还在不断地咀嚼着。就因为我的妈妈是一条鱼，爹的胡子现在每天都要刮一次。

"这样不合适。"爹说。

德威·特尔的手里面提了我们的午饭筐子，还拿着一包什么东西。

"拿的什么啊？"爹问。

"塔尔太太烤的蛋糕，我替她带到城里面去。"德威·特尔边说边上了大车。

"这样不合适，这对死者是不敬的。"爹说。

只要圣诞节到了，那东西就会放在那里的，在轨道上面发着亮光，她都说过了。那东西不会卖给城里面的孩子，她说。

特　尔

他的背直得像一块木头板子一样，他走到场里，往谷仓那个方向去了。

德威·特尔把筐子挎在一只胳膊上，另一只手上拿着外边裹着报纸的方纸包。她的表情很低沉，眼睛充满着警醒和思索：我看到那里面有彼保第的影子，那影子就好像顶针里的两颗豌豆，又或许是两条蠕虫生在了彼保第的背上，它们悄悄地侵蚀到你的身体里面，然后又从里面钻了出来，然后你就从梦中被惊醒了，也许是你并没有睡着而被吓着了，吓得你脸上出现那么惊恐和关注的神情。她把筐子放到了大车上面，然后她自己爬上去了，身上的裙子越绷越紧，把她的长腿露了出来：那是撬得动地球的杠杆①，也是用来测量生命长度和广度的圆规。她坐到了瓦塔曼的身边，膝盖上放着那个纸包。

朱埃尔走到了谷仓里面，他都没有回过头来看一下。

"这样不合适，"爹说，"为了他妈妈这么做也没什么啊！"

"快点走吧，"开什说，"让他留在家里吧，如果他愿意的话。他在家也没什么问题，也许他会到塔尔家去待几天。"

"他能追上我们，"我说，"他能走近路，然后在塔尔家的小路

---

① 出自古希腊科学家阿基米德说的一句话："给我一个支点，我可以撬动地球。"

那里跟我们碰头。"

"要是不拦着他,他还是要骑那匹马。"爹说,"那个带着斑点的牲口野得像只山猫一样,那不是蔑视我跟他妈妈吗!"

骡子的耳朵抖了两下,大车开始走了。在我们身后的房顶上空,秃鹰伸展着翅膀滑翔在天际,然后越来越小,最后看不到了。

埃　斯

我都跟他说了，如果他对他那死去的妈妈还有一点敬意的话，就不要带上那只畜生，那像什么话嘛，他妈妈想让自己的孩子在大车上陪着自己，而他却得意扬扬地骑在一匹应该去马戏团的牲口身上。还没从塔尔家的小路上过去，特尔就已经笑出声音来了，他在后边的木头板子上跟开什并排坐着，躺着他那死去妈妈的棺材就在他脚边放着，而他就这么大声笑了出来。

我也不知道告诉过他多少次了，就是因为他老是这样人们才在背后指指点点。你自己并不关心这些事情，但是我关心我自己的孩子，虽然我养起来的这群儿子都这么没出息。你得明白，人们在背后指戳你的所作所为，那是会给你妈妈脸上抹黑的，虽然对我来说并没有什么，我说，我是个男人，我没什么，但是你要顾及一下家里的女人啊，你妈妈还有你妹妹。我转身盯着他，他还是在那儿坐着不断地笑。

"我没想过让你尊敬我，但是躺在棺材里的你妈妈还没凉得那么彻底呢！"

"往那里看。"开什说着，用头指向了小巷那边。一匹马正向着我们飞奔而来，虽然离着我们还很远，但是我已经知道骑在上面的是谁了。我又回头去看特尔，他已经笑得躺在座位上了。

　　"我已经最大限度地去努力了，"我说，"只要有办法，我都会照着她的意思去做。上帝会谅解我的，这几个孩子是他所赐予的，希望他也能饶恕他们的行为。"就在她所躺的那口棺材的上面，特尔正坐在座位上不断地笑着。

特　尔

　　他快速地从小巷子里蹿了出来，翻动的马蹄溅起了纷飞的泥点，当他上了大路的时候，我们已经距离小巷子口三百码了。他骑在马鞍上的身子笔直地挺着，看上去很轻松，之后他骑得慢些了，马儿在泥地上面迈着细碎的步子。

　　塔尔在他自己的院子那里望着我们，冲着我们举起手。我们仍然前进着，大车"吱吱"地响着，车轮把泥轧得唰唰响。弗龙还在那站着，看着朱埃尔也过去了。那匹马跑动的姿势很轻快，膝盖抬得很高，奔腾在我们后边三百码的距离。我们仍然往前走着，那种移动让人直想睡觉，就好像在梦中似的，对一切事物的发生都没有丝毫兴趣，好像我们跟目的地之间并不是距离，而只是时间上的一种拉近。

　　大路往两边劈开成一个直角，上个礼拜天的车轮印已经不见了。这是一条矿渣路，路面是红色的，非常平坦，路那端插进了松树林里面。我们看到了一块白色的指示牌，上面写着"纽霍普教堂，三英里"几个字，字已经褪了颜色。指示牌向上盘旋着，就像从空荡的海洋上伸出的一只静止的手臂。在指示牌的后边，红色的矿渣路像一根车的辐条一样躺着，安迪·本德仑就是轮圈。指示牌转动着飘过去了，把那褪了颜色的、无言的几个字也转过去了，什么痕迹都没有留下。开什眼睛向上翻起，呆呆地看着路。刚才我们在指示牌旁边经过的时候，他的脑袋跟猫头鹰的脑袋一样，一下子就转了过去，他的表情很平和。爹的背弯弯的，眼睛直愣愣地看着前边。德威·特尔也看着前边的路，不过一会儿就回过头来看着我，她的眼睛里面有警惕和抗拒，丝毫没有开什眼神中的那种疑虑。指示牌飘了过去，没有丝毫遮掩的大路不断延伸着。然后德威·特尔又把头转了过来。大车前进着，发出"吱吱"的声音。

开什往大车外面吐了一口痰，说："再有两天就该变臭了。"

"还是跟朱埃尔说的好。"我说。

骑在马鞍上的他一点动作也没有，他在岔路口那儿看着我们，腰挺得笔直，就跟那块刻着褪了颜色的文字的指示牌差不多。

"棺材放得不够平稳，这样走太远的路可不行。"开什说。

"你把这个也一块儿跟他说了吧。"我说。大车前进着，发出"吱吱"的声音。

朝前走了一英里之后，他从我们旁边超过去了，只要一拉缰绳，那匹马就跑得飞快。他稳稳当当地骑在马鞍子上，显得游刃有余，他的脸上没有丝毫表情，一顶破帽子十分倾斜地扣在他的脑袋上。他很快就越过了我们，都不瞥一眼我们，马儿用力蹬着泥地，把泥蹬得唰唰响。一团泥巴被甩到了后面，"啪"的一声拍在了棺材上，开什弯下腰把一件工具从工具箱里拿了出来，然后开始仔细地刮掉棺材上的泥巴。经过怀特里夫的时候，他看到耷拉下来的柳树枝触手可及，就折了一根下来，用还带着水珠的叶子擦那片泥污。

埃　斯

在这里要想活下去是件很艰难的事情，那会让你很辛苦的。所有的汗水都流到了上帝的地里面去了，那可是走八英里的路才能流出来的汗呀，而这也正是上帝想要的。这个世上到处都是邪恶，老实巴交靠自己力气过活的人永远都沾不上什么好运。看看那些个在城市里面开着店铺的人，他们不用流一滴汗，但是要指着人们的血汗来生活。靠力气过日子的农民们没有一点好运，我们为什么要遭受这样的罪呢，有的时候我真的是想不明白。或许是要等到上了天堂吧，在那里我们可以获得一些补偿，一个人无论再怎么有钱，也不可能把汽车什么的都带上去的。上帝对每个人都是公平的，他将把富人们的财产分到穷人们的手里。

但是谁能搞清楚，那样的日子到底啥时候能来呢。人们总是要让故去的亲人和自己忍受着罪恶，才可以获得老实巴交换来的酬劳，这简直太让人寒心啦。下午的时候我们一直在路上，到达塞姆森农场的时候天都要黑了，但是我们看到，这里的桥也被冲垮了。还从来没见过河水能涨到这么高的位置，看样子这雨还有得下呢。就算是上一代的人们，也从来没听到或者看到过有这种事情。上帝会处置他所热爱的一切，我是上帝的子民。但是在我眼中，这种做法也太怪异了吧！

不过有一点倒是真的，我能装上假牙了，这也可以补偿我了。

塞姆森

那件事发生在傍晚。当时我们正在走廊上坐着，从大路上驶过来一辆大车，上面有五个人坐着，后边跟着一个骑马的人。其中一个还抬起头来打招呼，但是他们直接从店前过去了，并没有停下来。

"他们是谁啊？"麦克特姆说。我忘了他前边的名字是什么了，不过我知道他跟雷夫是双胞胎兄弟，就是那个人。

"是本德仑一家人，他们在纽霍普再往过走一点的地方住着，"奎科说，"朱埃尔骑的那匹马就是之前斯洛普斯卖掉的。"

"原来那群马还有一匹在呢，我都不知道这件事，"麦克特姆说，"原来我以为它们都被那里的人给弄走了呢。"

"你要是敢的话可以去试试那匹马啊。"奎科说。大车还在往前走着。

"我敢打赌，你爹肯定不会不收他钱的。"我说。

"那是自然，"奎科说，"我爹是卖给他的。"

大车仍然前进着。"看来他们是没有听说那座桥的事啊。"奎科说。

"他们干吗要到这儿来啊？"麦克特姆说。

"葬了他的老婆，然后顺带玩一天呗，差不多。"奎科说，"我觉得他们肯定是要到城里去，塔尔那儿的桥也被冲垮了，估计他们到现在还不知道这里的桥怎么样了。"

"那他们要想过去就只能长出翅膀来了,"我说,"根据我的猜测,从这儿到尹什哈德沃河口之间,已经没有桥了。"

他们的大车上还要装东西,我们没有其他的想法,因为三天以前奎科才去参加了葬礼,只不过是认为他们出门的时间有些晚了,况且他们一定也不知道桥怎么样了。"我觉得你还是叫他们停下来吧。"麦克特姆说。他前边的名字是什么来着,就在嘴边呢,该死的,怎么就想不起来了。然后奎科就大声喊他们,把他们叫住了。奎科走到大车那里,去跟他们说桥的事。

他们跟他一块儿回来了。"他们想去杰夫森,"他说,"塔尔那儿的桥也被冲垮了。"就好像我们还没听说那件事,他的脸尤其是鼻子眼旁边,看上去很奇怪。他们那一家子只是在那儿坐着,本德仑跟那个女孩还有那个小孩子都在车座上坐着,开什跟人们经常谈论的那个特尔,坐在车尾巴那横着的一块木头板子上,剩下的那个在一匹有斑痕的马上骑坐着。当我跟开什说他们得从纽霍普绕回去,还有怎么做才对的时候,我觉得他们现在都习惯这种事情了,他只是漫不经心地说:"我觉得我们能到那儿。"

我不怎么喜欢管这种事情,我觉得每个人都按自己的想法去做才好。但是我还是到谷仓那里去,想规劝一下本德仑,那是在我跟雷切尔谈论之后,说到他们这些人里面没有一个明白人来照料她的后事,偏偏又赶上这么热的七月天,还有其他的一些问题,所以我要去劝他一下。

"我跟她承诺过,她要我们一定这么做。"他说。

我发现这样一种情况,如果一个人非常懒散什么也不想做,当他决定要做什么并且已经开始之后，他就会坚定不移地做下去，就跟他坚定不移地不做一样，就好像他讨厌的并不是去做什么，而是开始和结束。假如发生了让开始和结束都受到阻碍的情况，那他们会非常高兴的。他佝偻着身子坐在大车上，眨着眼听我们讲述桥是怎么瞬间被冲跑，水又涨到了多高多高，他露出很得意的神情显得好像是他指使河水上涨的，倒好像我不是人类了。

"你是说，你从来都没见到河水涨这么高？"他说，"这完全是上帝的意思啊！"他说，"我想就算到了明天早晨水也退不了多少。"

"今天晚上你们还是在这儿住吧，"我说，"明天早起会儿往纽霍普赶。"其实我纯粹是看着那两只精瘦的骡子心里舍不得。我跟雷切尔说了这件事，我说："哎呀，你怎么忍心看着他们大晚上的被关在外边？他们的家离这儿有八英里远啊！我只能这么做了，也就是一晚上的事，就让他们住在谷仓里，天亮之后他们肯定会马上就走的。"所以我跟他们说了："今晚上你们就在这里住下吧，明天天亮之后你们再起身回纽霍普。我这里这么多工具呢，如果年轻人愿意的话，晚饭之后就可以先去挖好坑。"然后我就发现那个女孩在盯着我看，要是她的眼睛是两杆枪的话，那我已经没办法在这里说话了。我敢肯定她的眼睛在向我喷着火焰，如果不是的话，那我就是条狗。然后在我去谷仓里走到他们旁边的时候，她一直在兴奋地说着，根本就没留意到我的到来。

"你不是答应过她了吗，"她说，"就是因为你答应她她才走的，她是对你充满了信任的。如果你不按照她的意思去做，上天会惩罚你的。"

"我没说我不照着做啊，"本德仑说，"不管当着谁的面，我都问心无愧。"

"谁去理会你心里什么样的,"她说话的声音就跟耳语一样,速度很快,"既然你给了她许诺,那你就该照着去做。你……"说到这儿,她看到了我,然后就不再说下去了,在那里站着不动。要是她的眼睛是两杆枪的话,那我已经没办法在这里说话了。

然后我跟埃斯说了一下我的提议,他说:"我跟她许诺过了,她一定要这么做。"

"但是我认为她会想要自己的妈妈葬在这里的,那样的话,她可以……"

"我是说安迪,"他说,"是安迪坚持要这么做的。"

天又要下雨了,所以我跟他们说让他们把大车赶进谷仓里,马上就可以吃晚饭。但是他们不想到屋子里来吃饭。

"非常感谢你,"本德仑说,"我们不愿给你添麻烦,在筐子里我们带了些吃的东西,可以应付过去的。"

"这样看来,你对女人是非常敬重的,"我说,"这样的话,那我也不能有差别啊。如果在晚饭时间有客人来了我们家,但是又不愿意跟我们共进晚餐,那我老婆就会觉得别人轻视她的。"

然后那个女孩就去厨房里给雷切尔帮忙了。朱埃尔走到了我的面前。

"啊,顶子上的那些干草你可以随便用,"我说,"喂喂骡子,也顺便喂喂马。"

"我打算为马吃的东西付钱。"他说。

"这是干什么啊?"我说,"我还不至于吝啬那些干草的。"

"我已经打算付钱了。"他说。开始我还想着,他是不是想要什么比较特殊的草料啊！

"一定要吃特殊的草料吗？"我说，"干草跟玉米不合它的口味吗？"

"是有些特殊，它吃得多，"他说，"我平时都会喂得多点，我可不想让它欠着谁的情。"

"年轻人，我这儿不出售草料。"我说，"如果顶子上的草料能让它给吃干净了，明天早上我就把谷仓里的全都装到大车上。"

"它可不能去欠着谁的，"他说，"我打算为它付钱。"

本来我想说：如果问我的打算的话，那么你现在就不会在这儿待着了。但是我说出口的是："让它开始学着欠别人点情吧。我这儿可不出售草料。"

雷切尔把晚餐摆上了桌子，之后就和那个女孩一起去整理床铺。但是他们没有一个人愿意到里面来。"她已经走了那么多天了，不会让谁太拘泥于礼数的。"我说。和其他人是一样的，我也很尊敬离世的人，但是你们得为他们的遗体着想一下吧，一个女人的遗体都躺在棺材里有四天了，赶紧埋葬她才是对她最合理的尊敬。但是他们都不愿意啊！

"那么做不太好，"本德仑说，"不过，要是年轻人想要到床上去睡一下的话，我愿意晚上陪着她，我愿意为她忍受这些困难。"

然后我到谷仓那里去了，他们所有人都在大车旁边的地上蹲着。"怎么也得让孩子到屋子里去睡觉啊！"然后我对那女孩说："你也进去睡吧。"我无意去涉足他们家里的事情。我不记得以前做了什么牵涉到她的事情了，无论如何也想不起来。

"他都睡着了。"本德仑说。原来他们让他在一个空马厩的马槽里面睡了。

我跟那个女孩说："那你就到里面来睡吧！"但是她一声也不吭。他们就那么在那里蹲着，很难看清他们。"小伙子们打算怎么办？"我说，"明天一天你们都有的忙呢！"一会儿工夫之后，开什跟我说："非常感谢你，我们可以应付过去。"

"我们不想欠着别人的，"本德仑说，"真的非常感谢你。"

我只好由着他们去了，估计这四天里他们都已经习惯这样了。但是雷切尔不这么认为。

"这像什么样子嘛，像什么样子。"她说。

"他还能怎么办？"我说，"他都答应她了。"

"我不是说他，我管他干吗。"她越说声音越大，"我就盼着你，还有他，还有这世上每一个男人，都趁着我们活着折腾我们，当我们死了之后又无视我们，带着我们走到……"

"行啦，行啦，别生气啦！"我说。

"放开我，你放开我！"她说。

男人根本就没办法理解女人，我跟她都一起生活了十五年啦，如果我理解她了，那我就是这东西。虽然我们曾经发生过很多不愉快，但是我怎么也想不到我们会为了一具放了四天的尸体而斗气，竟然还是一个女人的尸休。她们可能折腾自己了，跟男人不一样，男人都很能忍耐的，不管什么情况。

我在床上躺着，听到了外面已经开始的雨声。听着雨点击打在房顶上的声音，然后我就想到了他们，想到他们在大车旁边蹲着的样子。之后我又想到了雷切尔，想到她在那边不停地哭泣、抽噎着，一阵儿工夫之后，她都睡着了，但是她的哭声仿佛还没有止息一样，并且我闻到了那种味道，尽管我知道自己根本不会闻到。现在我都不敢确定我可不可以闻到了，又或许只要清楚了那是什么了就觉得自己可以闻到了。

第二天天亮之后，我都没有过去。我听到了他们套车的声音，然后猜想他们应该是即将出发了，我就走出门顺着路往桥那个方向去了，后来我听到了大车从院子里出来的声音，他们返回纽霍普去了。我回到房间里，雷切尔又开始跟我跳脚，就是为了我没去谷仓把他们请到屋子里来吃早饭。女人心海底针啊！也许你刚弄明白她们的想法了，她们立马又改变想法，转到相反的方向去了，而我们还要认定自己应该受到惩罚，因为刚才竟然会那么想。

但是我还是认为我能闻到那样的味道，所以我认为不是因为有臭味才这样的，而是因为我清楚地知道它曾经在那儿，所以我能闻到，人们就是经常这样跟自己开玩笑。但是在我快要到谷仓的时候，我知道是哪里不对劲了。当我走到大厅的时候，我看到了什么。当我刚进去的时候，它弯着身体，我以为他们当中的某个人还没走，然后我才看清楚那东西：是一只秃鹰。它歪着头看到我了，然后它就穿过大厅开始向外面走，两条腿叉开着，羽毛非常丰满。它把头歪到这边肩膀上看看我，然后又歪到那边的肩膀上看看我，就跟一个秃顶的老头一样。一出门口它就打算飞了，好半天之后它才飞起来，飞到了空中，那里的空气凝滞着，就跟蘸满了水一样。

如果他们一定要到杰夫森去，我想，他们只能从弗龙山绕道，就跟麦克特姆一样。他骑着马呢，差不多后天就能到家了。那么做的话，他们距离城里就只剩十八英里了。但是没准这座桥也会被冲跑呢，那样他才明白什么是上帝的意愿。

　　麦克特姆和我做了有十二年的生意了，打小我们就相识了，对他的名字熟得就像我自己的名字。但是，我怎么就突然想不起来了呢？

德威·特尔

已经能看到指示牌了，它就在那里呆呆地望着大路的方向，它是禁得起等待的。纽霍普，三英里。那就是它的语言。纽霍普，三英里。纽霍普，三英里。然后大路就出现并铺展开来，歪歪扭扭地插进了树林里边，空无一物。等着什么，它说的是"纽霍普，三英里"。

据说我的妈妈死了。我倒是想有空闲去让她死。我倒是想有空闲，我倒是想。这里的一切都走得那么迅速，在这片粗鲁而又遭受苦难的大地上，并非我不想或者不希望，只是一切都那么迅速。

它已经展现出来了。纽霍普，三英里。纽霍普，三英里。通常大家所说的酝酿也就是这样了：膨胀的骨骼中透出绝望和悲痛，遭受这苦难的脏腑躺在坚硬的骨盆中。

一点点靠近了，开什的头一点点转过去，他的脸跟随空寂的红色转角儿转动，苍白的脸庞呆着，哀伤、疑惑、坚强和不知所措。朱埃尔在马上坐着，走在大车后面轮子的边上，他正在呆呆地看着前边。

原野在特尔的眼睛中逃掉了，他的两只游离不定的眼睛最后聚合到一个地方。我的脚被它们注视着，然后是我的身子，我的脸庞，我的衣服突然就消失了：我赤裸着身子，坐在慢慢悠悠前进的骡子后边的位子上，下边传来生育的那种疼痛。我是不是应该让他转过头去。只要我说了，他一定会那么做的。你不知道吗，他一定会照我说的去做。那次我被黑色的、空荡荡的什么东西弄醒了，它从我的下边跑了出去。我无法看到。只能看到瓦塔曼手里拿着刀子，他走到窗户前边，然后刀子插到了鱼的身体里，鲜血喷出来了，就跟"吱吱"蹿出来的一股空气一样，但是我没法看见。他一定会照着我的话做的，从来他都是这样做的，不管什么事情他都能按我说的去做。我可以的，这你清楚。我是不是该说从这里拐啊，那次我死了过去，我到底该不该说啊！然后我们就该去纽霍普了，然后我们就不必到城里去了。我站了起来，把刀子从还在"吱吱"冒血的鱼身上拔出来，特尔被我杀死了。

之前我跟瓦塔曼在一起睡觉的一次我做了一个噩梦我自己认为自己应该是清醒的但是我没办法看也没办法感受我没办法感觉到我睡着的那张床我忘记了我算作什么也忘记了我应该是叫什么最后都忘记了我是个女孩子我都没办法去想了也忘了怎么去想了我想清醒过来但是我忘了醒对应着什么要是那样的话我就清楚自己该做什么了我只记得有什么东西过去了不过我把时间这东西也忘记了然后猛地我就清楚那是什么了是风在我的全身游走仿佛是风吹着我回到了它出发的地方我并未吹那个屋子此刻瓦塔曼睡得很深所有的东西都重又回到了我身体下边然后又前进就跟一条凉爽的绸缎滑过我的赤裸裸的大腿一样

松树林里面吹过来一阵凉爽的风，夹杂着连续不断的哀伤的声音。纽霍普。刚才是三英里。刚才是三英里。我信任上帝我信任我的主。

"爹，刚才我们为什么不去纽霍普啊？"瓦塔曼说，"塞姆森先生说了，我们得去那里的，但是我们都错过了那个路口了。"

"快看，朱埃尔。"特尔说。但是他不是在看我，而是盯着天空。没有任何动作的秃鹰就跟被钉死在了天上一样。

我们一拐弯，走上了塔尔家的小路。穿过谷仓之后，我们仍然往前走，车轮在泥巴中轧出唰唰的声音。从地里那一行一行的碧绿的棉花旁边走过，我们看到弗龙那缩小的身影扶着犁站在地块那里。看我们走过，他举起一只手来，很长时间都面对着我们。

"快看，朱埃尔。"特尔说。朱埃尔还在那匹马上面骑着，呆呆地望着前边，仿佛他跟马都是用木头雕成的。

我信任上帝，我的主。我的主，我信任上帝。

塔　尔

等他们过去以后，我牵出了我的骡子，在缰绳上挽上一个扣，然后就追上去了。他们坐着的大车就在土坡的前面。埃斯坐在大车上望着被河水淹没的桥，现在那座桥就剩下两端还能看得到了。他的眼直勾勾的，仿佛是总不相信人们说的桥被冲垮的消息，但是又仿佛发自内心地盼望那是真的。他腿上穿的是只有礼拜天才会穿的一条好裤子，嘴里嘟囔着什么，神情有些惊讶而又开心。像极了一匹马，没刷洗过却被装饰得花里胡哨。唉，哪里能说得清楚呢。

小家伙盯着那座桥，松散的桥颤抖着，让人觉得它没准什么时候就一下子全被冲垮了，桥的中间凹了进去，上头浮着圆木还有这样那样的什么东西。他睁着圆圆的眼睛，像看马戏一样看着它。那个女孩也盯着呢，当我靠近的时候她又往上瞅起我来，她的眼神炽热起来，然后又冷却了，就跟我要怎么着她似的，然后她看了看埃斯，目光又回到了河上。

河两岸水的高度都跟土坡差不多了，水把土地都盖上了，只剩下我们脚下踩的那片像舌头一样从水里伸到桥上的土坡。要是原先不知道这里的桥跟路的样子，现在你肯定看不出来哪里是河道哪里是岸边。土坡的宽度也就跟刀背差不多，周围都是乱糟糟的黄色，坐在大车上、骑在马上和骡子上的我们，全都拥挤到了土坡上。

特尔盯着我看，然后开什也转过头来盯着我看，那目光跟那个夜晚他看那块木板是不是匹配她的大小时没什么两样，那样子就像是他自己已经算计好了长度而不必再征询你的意见，就算你跟他说了他也不装出听的样子，尽管他多少还是听了点。朱埃尔骑在马上一动不动，身子稍微往前趴着，脸上的神情还是昨天他跟特尔从我这儿路过回家去运她的棺材时的那个样子。

"要是只是水涨了的话，我们也能让大车过去，"埃斯说，"只要我们对好了方向。"

偶尔会有一块木头摆脱拥挤的束缚，不停转动着独自向前漂流，漂到那个我们能望得见的原来的浅滩。之后它就放慢了速度，打着斜翻过去，不一会儿就竖着顶出了水面，然后我们就都明白了，那里就是浅滩。

"但是这能看出什么呢？"我说，"也许那只是一些沙子堆在了那儿。"我们都盯着那块木头看。那个女孩又在瞪着我。

"惠特菲尔德先生从这过去了啊。"她说。

"他那是骑的马，"我说，"再说了，那都是三天前的事儿了，到今天为止这里的水又涨了五英尺。"

"最好能让桥露在水上面。"埃斯说。

那块木头浮了起来，之后又漂走了。水上有很多乱糟糟的东西跟泡沫，水声就在耳边。

"但是被水淹没了。"埃斯说。

"如果注意着点，我们就能从木板跟圆木上过去。"开什说。

"但那样的话就啥也带不上啦，"我说，"没准当你踩上第一脚的时候，这座桥就塌了。你觉得呢，特尔？"

他注视着我，一声不吭，就只用那惹人非议的奇怪的眼神看我。我从来都是这么认为的，他让人头疼的不是他说的和他做的，是他在注视着你的时候的那个样子。就好像是他的眼睛看穿了你的整个身体。就好像是你可以从他的眼睛里看到自己和自己所做的一切，也不知道为什么。这个时候，我察觉出那个女孩又看我了，就像我打算怎么样她似的。她跟埃斯抱怨着："……惠特菲尔德先生……"

"我都以上帝的名义向她发誓了，"埃斯说，"我觉得能过去，没什么好担心的。"

但是他并没有轰那两只骡子。我们就这么在河边待着。又有一块木头从那拥挤中摆脱了，漂走了。在我们的视线里，它在浅滩那里停驻了片刻之后，就缓慢地翻转过去。又漂走了。

"今天晚上也许要下雨的，"我说，"你们只能再等一天了。"

朱埃尔骑在马上的身子转了过来，之前他一直都没有动过，突然他就转身盯着我看。他的脸色发青，然后它会发红然后变回青色。"你他妈的滚蛋，犁你那破地去，"他说，"谁让你他妈的在我们后面跟着了。"

"我是一片好心啊。"我说。

"闭上嘴，朱埃尔。"开什说。朱埃尔紧绷着脸，视线又扫到了水面上，这时候，他的脸变成红色了，之后变成青色又转成红色。待了一会儿，开什说："爹，有什么打算没有？"

埃斯并没有说话。他就在那儿坐着，背佝偻着，嘴里嘟囔着："我们可以把车赶过去的，如果水没淹过桥的话。"

"赶快走啦。"朱埃尔说着话就开始赶那匹马。

"先等一下。"开什说。他在注视着桥，我们都注视着他，只有埃斯跟那个女孩在盯着水面。开什说："爹跟德威·特尔和瓦塔曼还是自己从桥上走过去吧。"

"弗龙能帮上忙的，"朱埃尔说，"我们可以在我们的骡子的前边套上他的骡子。"

"你们可不能让我的骡子到那样的水里面去。"我说。

朱埃尔瞪着我，眼睛就像破碎的碟子的其中一块碎片。"骡子死了我赔钱，现在我就买下它。"

"我的骡子怎么能去那样的水里。"我说。

"朱埃尔都打算贡献出他的马了，"特尔说，"你干吗不让你的骡子也大胆一点啊，弗龙？"

"不要再说了，特尔，"开什说，"朱埃尔，你们两个都别说了。"

"我的骡子怎么能去那样的水里。"我说。

特　尔

　　他正在马上坐着，愤怒地瞪视弗龙。怒火在他那张瘦脸上熊熊燃烧，使他整张面孔都涨红了，那片红甚至有向他那双呆滞的双眼蔓延的趋势。十五岁那年的夏天，他忽然被睡魔掌控。有一天早上，我过去喂骡子，听到爹走进屋里叫他。那时，几头母牛还留在披屋里。后来我们回屋吃早餐，他提着两只牛奶桶从我们身旁走过，脚步踉跄，活像个醉汉。他过去挤牛奶了。我们没打算等他，直接把犁套在骡子身上下田去了。在田里干了一个小时的农活后，还是没有见到他出现。随后，德威·特尔过来给我们送午饭。爹吩咐她回家找找朱埃尔到哪里去了。结果在牛棚里发现了他，原来他坐在一张小板凳上睡着了。

　　从那天开始，爹每天早上都要到屋里去叫他起床。他经常在吃晚饭时在桌子上就进入了梦乡。晚饭过后，他要马上上床睡觉。等我上床时，他早已睡着了，纹丝不动，好像死了一样。第二天早上，还要爹来叫他起床。他虽然起得来床，却是一副失魂落魄的模样。爹不停地说他，他就在那里听着，连句话也不回。接下来，他又提起牛奶桶到牛棚里去了。不过，有一次我见到他在母牛身边，抵着母牛的肚子又睡过去了。他旁边的桶里只有半桶牛奶，他的双手搁在里头，牛奶把他的手腕都淹没了。

之后，挤牛奶的任务便只能交给德威·特尔了。爹去叫他起床，他都很听话。其他人吩咐他干活，他也会去干，只是在干的过程中一直神志不清。他似乎也很想加油做好手上的活，并且似乎也在为自己这种表现感到不好意思。在这方面，他跟其他人没什么区别。

妈问他："你生病了吗？你身上哪里难受？"

朱埃尔说："我感觉很好，没什么事。"

爹说："他只是想气我，这个懒孩子。"

朱埃尔好像又睡过去了，站在原地没有任何反应。

爹想叫他回话，只能摇醒他问："是这样吧？"

朱埃尔答："不是这样的。"

妈说："今天你在家里休息一天吧，别去干活了。"

爹说："现在就想歇着了？那一片洼地还没弄好呢？"

"如果你不是生病的话，那究竟是怎么了？"

朱埃尔说："我好得很，一点事情都没有。"

爹说："你说这话的时候，就快站着睡着了，这还算好得很？"

朱埃尔说："哪有啊，我很好。"

妈说："就让他在家里歇一天吧。"

爹说："就算我们全都过去，人手还不够呢，他怎么能不去？"

妈说："那也没办法，你跟开什、特尔去干吧，能干多少是多少。今天一天他都要在家里休息。"

但他自己却挺不情愿的，说："我很好啊。"说着，便又朝外走去。可是任谁都能看得出来，他还是有些不妥。他日渐消瘦，我曾见到他一边锄地一边睡着了。他手里的锄头挥舞得越来越慢，弧度越来越小，最终静止下来。他站在炙热的阳光下，用锄头把支撑着自己的身体，纹丝不动。

　　妈想去找医生，但是爹不想为这件事花钱，除非真到了非花不可的时候。其实朱埃尔除了消瘦了一些，并且时不时地睡过去以外，基本没什么大碍。他的胃口也挺好的，只是在吃东西时会伏在自己的碟子上睡着了。他嘴里继续嚼着面包，另有一半面包露在了嘴巴外边。不过，他坚持声称自己一点事都没有。

　　叫德威·特尔帮他挤牛奶，是妈的主意，只要一点点甜头就能让德威·特尔干这事。原先朱埃尔在晚饭之前还要做一些杂七杂八的活，现在妈想方设法分给了德威·特尔和瓦塔曼。如果爹不在的话，她就自个儿去做了。她还专门给他开了小灶，为了不让别人发现这件事，她总是躲躲闪闪的。安迪·本德仑一直教育我们，世间最大的罪恶就是欺骗，贫穷跟它比起来，简直不值一提。但眼下她居然也有事要躲到背地里去做了，这对她来说应该是破天荒头一回吧，以往我从未发现过类似事件。有时我到卧室睡觉时，会看见她坐在朱埃尔身旁，透过漆黑的夜色看着他睡觉。我明白，她正在为自己的欺骗行为憎恨自己，同时也在为让自己身不由己做出这种行为的罪魁祸首——对朱埃尔的爱，而憎恨着朱埃尔。

　　一天晚上，她生病了。我打算驱车赶到塔尔家去，便来到谷仓把车套到骡子身上，结果马灯居然不见了。我记得昨晚我还见过那盏灯的，就挂在钉子上，但半夜起身后那里却没有了。于是，我只能摸索着把车套上，然后动身出发。我把塔尔太太接回来时，天刚刚放亮。那盏灯重新出现在了钉子上，在我的记忆中，它的确是应该挂在那里的，但先前它却消失了。后来有一天清晨，太阳还没出来，德威·特尔正在挤牛奶，朱埃尔提着那盏灯钻过墙洞，从后头来到了谷仓。

我跟开什说起这件事，我们彼此对望了一眼。

开什说："他春思萌动了。"

我说："可不就是，但他提着那盏灯做什么？还每晚都去，不瘦才怪。要不你说说他吧。"

开什说："我说他不会给他带来益处的。"

"眼下他这样做，同样不会给他带来益处。"

"没错，但这事只能靠他自己想明白。给他一些时间，让他把这件事想清楚，以后还有的是时间，要懂得适可而止。如此一来，他就会安然无恙了。我不会把这件事说给其他人听的。"

我说："是啊，我已经吩咐德威·特尔守口如瓶了，最低限度别告诉妈。"

"确实，不能告诉妈。"

打这以后，这件事在我看来，就成了一件非常有意思的事：他整天失魂落魄、焦躁不安、昏昏欲睡，并且瘦得跟架豆秧的竹竿一样，却觉得这件事自己干得非常不错。是哪个姑娘呢？我很疑惑。我将自己认识的姑娘逐一思索了一遍，但究竟是哪一个，我还是不能确定。

开什说："肯定是哪里的已婚女人，不是什么姑娘。年轻的姑娘哪有这样的胆量和耐力。这件事让我觉得不悦，就是这个原因。"

我说："你为什么要这样？跟年轻姑娘比起来，那样的女人不是更保险，也更聪明吗？"

他用不断游离的目光看着我，他的话语同样显得很游离："对一个人来说，保险的事情不一定是……"

"保险的事情不一定是最好的事情，你的意思是这样吗？"

"没错，最好的事情，"他又开始游离了，"一件事能给他带来好处，并不说明这件事就是最好的……一个年轻人，在其他人的泥淖里摸爬滚打……有谁愿意见到这样的情景……"他花费了这么大的力气，就是想说明这个意思：保险是一种已被磨光了棱角的东西，大家早就对它习惯成自然，如果有人重复做这种事，谁都不会说这是前无古人后无来者的。因此，当一件新事物出现时，它至少要比"保险"的境界稍微高一点吧。

所以我们一直对这件事保持缄默。那段时期，他时间紧迫，甚至来不及回家，也不再佯装自己整夜都在床上睡觉。清晨，他会冷不丁出现在农田中，然后跟我们一块儿干活。他跟妈说，他不想吃早餐，因为他根本不饿，或者他在把车套到骡子身上时，已经往嘴里塞了一片面包。不过，我跟开什都很清楚，那段时期的夜晚，他并没有在家里睡觉。他是从树林穿到这里来的。但我们对此一直沉默不语。当时夏季就要结束了，我们很清楚，随着晚上的温度越来越低，他会支撑不住的，就算支撑得住也是勉强为之。

但当秋季到来，黑夜逐渐延长时，他又跟一开始一样了，天天赖床，让爹来叫他起床，要叫很久他才会起来，并且看上去失魂落魄的，情况甚至糟糕过他夜不归宿的那段日子。

我跟开什说："她可真是厉害啊，先前我只是佩服她，现在简直要对她折服了。"

他说："这件事跟女人无关。"

我问他："你都搞清楚了？"

他只是看着我，不说话。

"究竟是怎么一回事啊？"

他说："我也想查清楚。"

我说："你大可以到树林里去跟踪他一夜，要是你愿意的话，反正我是不愿意的。"

他说："我并不是要跟踪他。"

"那么你是用什么指代那个举动的？"

他说："你误解了我的意思，我没打算跟踪他。"

几天过后的一个晚上，我听到朱埃尔从床上爬起来，通过窗户钻到了外面。随后，我听到开什也起来了，尾随他而去。

第二天清晨，我走进谷仓，见到开什正在那里帮德威·特尔挤牛奶，骡子他也已经喂完了。第一眼见到他，我便知道他已将事情搞清楚了。片刻过后，我见到他朝朱埃尔看过去，眼神奇奇怪怪的。看起来他在搞清楚朱埃尔去了哪里、做了什么以后，终于找到了一点可供研究的事。但他的眼神之中并没有担心的成分。他的这种表情曾在我察觉到朱埃尔的家务活都是他帮忙的时候出现过一次。爹一直以为是朱埃尔在做那些活，妈以为是德威·特尔在做那些活。所以我什么话也没跟他说，我觉得他在把这件事情研究清楚以后就会跟我说，但他始终没有开口。

这件事开始五个月后，也就是十一月份的一天早上，无论是在床上还是在农田里，都看不到朱埃尔的身影。妈头一回觉得有些不妥，她吩咐瓦塔曼到田里寻找朱埃尔。很快，她又亲自过来了。似乎大家都情愿被骗，甚至还会帮骗人者欺骗其他人，只要这种欺骗是在私底下悄悄进行的即可。大家都很懦弱，这可能就是造成这一结果的原因。欺骗表面看来是很温和的，所以懦弱的人宁愿被欺骗。

但眼下整件事真相大白，像床上的被子一样被掀起来时，似乎所有人都因为感应到了彼此的心声，异口同声地坦承了自己的恐慌。于是，所有人都不再掩饰什么。大家正襟危坐，你瞧瞧我，我瞧瞧你，说："这就是真相。他出事了，没回家。要不是我们忽视了他，他也不会出这种事。"

就在这时，朱埃尔出现了。他从水沟旁边经过，转了一个弯，从田野中穿过。他骑着一匹马，马鬃毛和马尾巴飘来飘去，像是为了展览马身上的斑纹似的。没有马鞍，也没有缰绳，他只好拿着一根绳子充数，并且他也没有戴帽子，看上去就像坐在一个很大的纸风车上似的。二十五年前，弗莱姆·斯洛普斯从得克萨斯州带回了一批马，那匹马便是它们的后代。那时候，斯洛普斯将每匹马以两块钱的价格出售出去。只有老朗·奎科驯服了他买下来的那匹马，并将其带回了家。他还有几匹一直无法卖出去的马，也是一样的血统。

朱埃尔骑着马迅速跑到我们身边，然后让马猛地止住脚步。他将脚跟紧紧抵在马的肋骨上，马蹦蹦跳跳地转起圈来，马鬃毛、马尾巴和马身上的斑纹，像是跟里面的马骨和马肉完全脱离了关系。他瞧着我们，屁股却还坐在马背上。

爹问："你从什么地方搞到了这匹马？"

朱埃尔说："是我买的，奎科先生卖给我的。"

爹说："是你买的？你有钱吗？是不是借我的名头赊来的？"

朱埃尔说："是我用自己的钱买的，我自己挣的钱。这件事用不着你操心。"

妈说："朱埃尔，朱埃尔。"

开什说："没错，是他自己挣的钱。春天的时候，奎科不是规划出了四十亩新田吗？都是他开垦出来的。我亲眼见到，他晚上一个人打着灯笼干完了所有事。所以，我相信这匹马是他用自己的钱买的。在这件事上，我们大可以放心。"

妈说："朱埃尔，朱埃尔……你现在就回去睡觉。"

朱埃尔说："不行啊，我没时间。我还需要马鞍和笼头。奎科先生跟我说，他……"

妈直勾勾地瞧着他说："朱埃尔，我给你……我给你……给你……"她随即哭起来，哭得非常伤心。她站在那里，身上穿着那件褪色的便袍。她没有捂住自己的脸，而是直勾勾地瞧着他。他还在马上坐着，俯视着她，他那张略微有些病态的面孔变得很冷漠，然后他又迅速转移了自己的目光。

就在这时，开什走上前来，碰碰妈说："您到屋里去吧。待在这里对您的身体没好处，这里湿气太重了。您马上就回屋里去吧。"

她这才用双手捂住自己的脸，并在片刻过后，开始步行回家。她走在犁沟上，脚步有些踉跄。但不一会儿，她便挺直身板，头也不回地走了。行至地沟时，她停下脚步，呼唤瓦塔曼。

瓦塔曼正围着那匹马又蹦又跳，说："朱埃尔，给我骑骑，给我骑骑吧，朱埃尔。"

朱埃尔瞧了他一眼，跟着又看向了别处，还把马缰绳拿到了后面。

爹瞧着朱埃尔，同时蠕动着自己的嘴唇问："你买了一匹马，却没事先告诉我。你根本没打算跟我商议一下。我们家的经济情况有多紧张，你很清楚。结果你却买来一匹马，我又要多喂一张嘴。

你为了买这匹马，在干自家的活计时偷奸耍滑。"

朱埃尔用比平日更冷漠的眼神瞧着爹说："它不会吃你一丁点草料的，一丁点都不会。如果它吃了的话，我就把它杀了。你不用担心这件事，不用担心。"

瓦塔曼说："朱埃尔，给我骑骑吧。给我骑骑吧，朱埃尔。"那声音就像是草丛中的一只小蟋蟀发出来的。"给我骑骑吧，朱埃尔。"

当天夜里，我见到妈坐在朱埃尔床边，周围一片漆黑。妈伤心地哭起来，她要么是害怕自己会哭出声来，要么是觉得哭泣跟欺骗的性质是等同的。哭泣让她憎恨自己，同时因为朱埃尔是让她身不由己哭泣的始作俑者，所以她也在憎恨着他。我到这一刻才终于明白，那件事我已经搞清楚了。直到那一天，我才弄明白了，跟此前德威·特尔的那件事一样明白。

塔　尔

　　他们总算准许埃斯把自己的行动计划说了出来。跟着，他便带着那个姑娘和小孩爬下了那辆大车。不过，埃斯在我们上桥后还不停地扭回头看，像是在思索这件事可能会在他下车以后炸开锅来，然后他会发觉自己再次回到了那块地里，她也再次回到了那屋里，躺在那儿等待死神降临，所有事情又将重演。

　　他说："你该把你的骡子给他们套车。"在我们脚下，桥板晃晃悠悠的。桥下水流湍急，跳进去像是能直接穿越到地球的另一边似的。在河的对岸，从水中探出来的那段桥身，就像完全不同的另外一座桥。要是有人从水里走出来，上了那座桥，那他一定是从地心里出来的。但这座桥并没有分裂成两半，这边的桥身晃晃悠悠，那边的桥身却好像纹丝不动，只有那边和河对岸的树在缓慢地摇摆，跟大钟的钟摆似的。在桥身的凹陷处，有些木头在摩擦、碰撞，一端翘起，从水面上蹿出来，掉到了浅滩上，发着光，打着旋，冒着泡，等候着什么。

　　我说："做那种事有用吗？如果你那两头骡子没法拉着大车到浅滩那边去，那你再找一头骡子，甚至是十头骡子帮忙拉也是没用的。"

　　他说："我并不是这个意思。无论如何，我都能照顾好自己和家人。我不会叫你把自己的骡子拉出来冒这样的险。我不会埋怨你，毕竟又不是你的家人去世了。"

我说："这件事还是明天再处理吧，他们现在应该撤回来了。"

水非常凉，并且非常浓稠，好像已经冻凝了一半的雪水。唯一不同的是，它好像活的一样。你心中有一部分很清楚，它只是水而已，这么长时间以来，从这座桥下流过的水，都是一样的。就算一根又一根木头从水面上露出头来，也不会让你觉得惊讶。它们就像是河水以及那份等候和威胁的组成部分。

我们竟然过了河，从水中走出来，再度踩到了坚硬的土地上，这让我觉得很惊讶。我们似乎并没想过，这座桥会一直伸展到河对岸那片坚硬的土地上，那是一样多么温顺的东西啊，并且那片土地还是我们熟悉万分的，过去我们总在上面踩来踩去。我们刚刚做完的那件事，我平日里是万万不会去做的，我才没有那么蠢呢。正因为这样，似乎在这里站着的人压根儿就不是我。我扭回头望见了河对岸，还有那片我刚刚站过的地方，我的骡子正站在那儿，那里同时是我想方设法要返回的地方。我实在不知道是什么让我走过了那座桥，就算仅仅是走一次。我很明白，这是不可能发生的事。但我到了这儿，千真万确。当然，肯定不是我自己说服自己过了两次河，即便是可拉对我下命令，我也不会这么做的。

那个小男孩碰了碰我。我说："哎，你要是能拉住我的手就再好不过了。"片刻过后，他拉起了我的手。我能肯定，他是为了找我才回到这里的。他好像在告诉我，我不会让你有事的，你不用担心。他似乎在说，他知道有个地方很不错，在那儿每年都有两个圣诞节，感恩节一过，圣诞节就开始了，从冬天到春天，再到夏天，全都在过节。我一定会没事的，只要我不离开他。

我回头看着我的骡子，我瞧着它，就像通过一个小小的望远镜看到了我所拥有的那片广阔的农田，还有我用自己的汗水赚得的房屋。农田似乎会随着汗水的增多变得越来越广阔，房屋也会随着汗水的增多变得越来越坚固。要是拥有了一座坚固的房屋，便可以留住可拉，将他藏起来。就像如果你想把一罐牛奶冰镇在冰凉的泉水中，那么一只坚固的牛奶罐子，一眼湍急的泉，都是非常有必要的。要是你已经有了一眼泉，那肯定会刺激你再去寻觅一只牛奶罐子，它既要考究，也要坚固。毕竟牛奶是你的，无论它是否已经变质，都是一样的。你是个真正的男人，跟不会变质的牛奶比起来，你更愿意要会变质的牛奶。

他用热乎乎的手握住我的手，他很相信我，所以我想告诉他：看，河对岸有头骡子，你看见了吗？它没有到这边来，不是因为它只是一头骡子，而是因为它来这边无事可做。有时候，一个大人会察觉到孩子们的智慧已经超过了自己。但在孩子们长出胡子之前，他并不情愿向他们承认这一点。不过，当孩子们长出胡子以后，他们也会变得庸庸碌碌起来。你不会在意是否要向他们承认那件事了，你正在做的那些无谓的担忧，他们也在做。他们是不是还能像没长胡子时那么聪明，他们自己也不清楚。

这会儿，我们已经过了河，在那儿站着看开什把大车掉过头来。他们在我们的注视下把大车往回赶，赶向那片洼地的方向。没过多久，大车就走得无影无踪了。

我说："我们还是去浅滩那边，做好帮忙的准备吧。"

埃斯说："我已经对她做出了承诺，对我而言，这件事是很神圣的。这样做会让你不开心，我知道的，但她会在另一个世界保佑你。"

我说："哎，他们要是不想失去下水的勇气，就不要在地上来回转圈子了。过来。"

他说："走到一半再回去，这可不吉利。"

他弯腰驼背站在那里，瞧着那座不住摇晃的桥对岸那条空无一物的道路，伤心极了。那个姑娘也在那儿，一手挎着装午饭的篮子，一手夹着那个包裹。她还在想着到城里去，想得心急火燎的。他们心甘情愿地上刀山，下火山，就是为了吃一纸袋子香蕉。

我说："你们最好等一天再启程。今晚应该不会下雨，河面不会继续升高，等到了明早，水面怎么也会比现在低一些。"

他说："现在她一心企盼着这件事，我已经向她做出承诺了。"

特　尔

　　浑浊的河水在我们眼前奔涌前行。它抬起头来，跟我们絮叨着什么，声音连绵不断。巨大的漩涡在黄浊的水面上分散开，然后沿着水面向下安静地流动了片刻，转眼间就消失了，其中的意义耐人寻味。就像水下有一只庞大的活物，还没进入熟睡状态，又醒转了一会儿，散漫而又警醒，但很快它又再度进入了梦乡。

　　在车轴和骡子的膝盖中间，有浑浊的黄色河水源源不断地流过，上面漂着垃圾以及浓稠的泡沫。就像一匹遭人驱赶的马，因为非常辛苦，便流出了汗水和泡沫。河水在从灌木丛中穿过时发出了声音，其中包含着哀怨，也包含着沉思。没有支撑的藤蔓和小树在水中歪歪斜斜地站立着，左摇右摆，仿佛一阵不大的风正从它们背后吹过。看不到它们的倒影，好像有根隐形的线在上面的树枝上牵引着它们似的。树、芦苇、藤蔓，所有东西都立在起起伏伏的水面上。它们没有根系，接触不到地面。它们身边是一大片荒芜的区域，与世隔绝，看上去阴森森的。幽怨的流水声在它们周围的空气中激荡。

　　我跟开什在大车里坐着，朱埃尔骑着马，走在后面右侧的车轮旁边。马正在发抖，它的眼球滚动得厉害，在它那又窄又长的粉色面孔的映衬下，呈现出鲜艳的蓝色，同时它像在打呼噜一样喘着粗气。朱埃尔挺直身子坐在那里，沉默、冷静而又迅速地东张西望，时刻做好出发的准备。他的面色有些惨白，但神色从容，且非常警惕。开什的神情同样很严肃。他用悠长、探究的眼神跟我对视了片刻。他那种眼神能够顺利地刺透别人的眼睛，一直深入到对方最不为人知的地方。开什和特尔在那短暂的一刻潜伏于那片隐秘的深处，他们凶残，没有任何矜持。他们沉浸在那份年代久远的恐惧感，以及同样年代久远的不祥预感中，表现得警觉，不为人察觉，且毫不羞怯。不过，我们在说话时，声音却很平和、很冷淡。

"我很确定，我们现在还在大路上。"

"以前塔尔偷偷砍了两棵很大的白橡树。听人家说，过去人们在洪水暴发时，都是依靠这些树来找出浅滩在哪里的。"

"他砍掉这里的树，应该是两年前的事。我觉得，他当初肯定没想到，日后有人要经过浅滩渡河。"

"他一定没想到。他砍树肯定是在两年前。那时候他偷偷砍了很多树。据说，他用这些钱把欠下的债务全都还清了。"

"没错，没错，我也觉得是这样。我认为，弗龙做出这种事来可没什么稀奇的。"

"可不就是。对在这附近砍树的大部分人来说，拥有一座经营得很好的农场是很有必要的，要不然锯木厂的开支他们可应付不来。就算没有农场，也会有一家店面的。但是在我看来，弗龙是能做出这种事来的。"

"我也觉得是这样。他这个人真能丢人现眼。"

"是啊，他是很能丢人现眼。没错，我们还在路上呢。他要想把那些木材运送出去，不把那条旧路修好是不行的。我觉得我们还在路上。"他静下来，朝四周张望着，寻觅树在哪里。他的身体左歪右斜，又扭头望向这条路无尽的尽头。这条难以确定形状的道路在空中飘浮着，要靠那些已经被砍掉或是歪倒的树来确定该往哪里走。它之所以会这样，似乎是因为水浸没了路面，将上面的泥土都冲走了，只留下了一些遗迹铸成的墓碑，如鬼魂一般，以纪念那些更加有深度、更加荒芜的东西，它们的深度远远超过了我们在上头坐着，安静讨论的那些往昔的隐秘琐事。

朱埃尔瞅瞅他，又瞅瞅我，跟着又变得面无表情了，重新开始探究起四周的景致来。在很长一段时间内，他都没有说话。在他的双膝之下，那匹马正在不停地发抖，但并没有发出任何声音。

我说："他可以在前面慢一点帮我们开路。"

开什说："没错。"说这话时，他并没朝我这边看，而是面向前方，看着朱埃尔慢慢地向前摸索。从我这个角度，只能看见开什侧脸的轮廓。

我说："他找不到那条河是不可能的。只要他能在五十码开外的地方看见它，就一定能找到它。"

开什依旧给我一个侧脸，不朝我这边看。"上个礼拜，我原本可以来这里把地形查看清楚的，可惜那时我没想到我们竟会有今天。"

"当时桥还待在原地。"我说，他还是没朝我这边看，"惠特菲尔德还骑着马从桥上经过。"

朱埃尔再度朝我们这边看过来，神色自若且警觉，但是并不过火。他用平和的语调问："你们打算让我做什么事？"

开什说："上个礼拜，我本应过来把这边的地形查看清楚的。"

我说："那时候我们怎么知道会发生今天这样的事呢？我们怎

么可能知道呢？"

朱埃尔说："我骑马到前边去，你们在后面跟着我。"他拽了拽那匹马，马低头后退。他贴在马身边跟它讲话，险些把它拉成两条后腿直立的姿势。在把前脚放下来时，马表现得小心翼翼，只溅起了很少的一点泥水。它喘着粗气，身体还在发抖。朱埃尔用十分温柔的声音跟它讲话："往前走，我不会让你受伤的，一定不会。往前走吧，走快些。"

开什叫他："朱埃尔。"他并没回头，而是拽着那匹马叫它继续前行。

我说："朱埃尔是会游水的。现在他只需一点一点调教那匹马，反正……"刚出生时，他经受了不少磨难。我们在睡觉中途醒过来，总能见到妈在灯光下面坐着，将一只枕头放在膝盖上，将他搁在枕头上，两个人都静悄悄的。

"跟他比起来，那只枕头要更长一点。"说着，开什便将身体略微向前倾斜过来，"上个礼拜，我本应过来把地形查看清楚的，我本应这么做的。"

我说："可不就是，不管是他的脚还是他的头，都跟枕头边儿有一段距离。上个礼拜，你根本没法预料到我们会有今天。"

他说："我本应那么做的。"他拽了一下缰绳，两头骡子随即进入了朱埃尔走过的那片区域。车轮在水中咕噜有声，听上去很有活力。他扭头朝安迪看过来，说："棺材没放稳当。"

树总算稀疏起来。朱埃尔骑着马，走在宽敞的河面上。马的肚皮已经被水淹没了，身体呈半倾斜状态。我们已经能看到河对岸了，弗龙、爹、瓦塔曼和德威·特尔正等在那里。弗龙朝我们摆手示意，叫我们朝下游那边走过去一点。

开什说："我们这边的水很深。"弗龙也叫起来，但因为水声太大了，他具体在叫什么，我们根本听不到。眼下水流因为没有任何阻拦，显得非常稳定，简直让人觉得它是静止的。后来我们才确定这是错觉，因为有根木头飘了过来，在水上缓慢地打着旋儿。开什说："瞧啊！"我们看着木头在原地徘徊、浮动。过了很长一段时间，它背后的水流才聚合成了一朵大浪，将它压进水中。过了一会儿，它终于重新跳出来，打着滚儿继续漂流向前。

我问："它去哪里了？"

开什说："哦，去那边了。"

我们再度朝弗龙那边望过去，他正摇晃着两条手臂，一条在上，一条在下。我们缓慢而又谨慎地朝下游挪动，同时留意着弗龙。见他放下了双手，开什说："好了，从这里过去吧。"

朱埃尔说："唉呀，真烦人，现在就过去吧。"说着，他便策马朝前走去。

这时，开什又说："等一下。"他便又停在了原地。

开什说："唉呀，上帝啊！"他朝水里看了一眼，然后回头望向安迪说："棺材还没放稳当呢。"

朱埃尔说："既然这样，你就走回去，走回那座就要垮掉的桥那里。特尔也跟你一起。赶车的事儿就交给我。"

开什根本不理会他，又说："棺材没放稳当，确实不稳当，兄弟，我们可要当心啊。"

朱埃尔说："那就当心点。我来赶车，你们都下去。上帝啊，你们若是没有勇气把车赶到河对岸去……"他翻起了白眼，双眼宛如一对被刷白的木头。

开什瞅着他，说："我们会把车赶到河对岸去的。具体要怎么做，让我来告诉你吧。你骑马回去，经过那座桥，然后从河对岸拿一条绳子过来接应我们。至于你的马，弗龙会带回家去，帮你照看好的。等我们返回时，你再去带上你的马回家。"

朱埃尔说："什么烂主意？"

开什说："你拿上一条绳子，从河对岸过来接应我们。两个人干这活就够了，一个扶棺材，一个赶车，三个人就太多了。"

朱埃尔说："鬼才听你的呢。"

我说："叫朱埃尔牵着绳子的一端，然后从上游走到河对岸去，在那里用倾斜的角度拉绳子。朱埃尔，这么做你觉得行吗？"

朱埃尔瞅着我们，表情很凶。他用警觉而凶狠的眼神焦灼地瞅了瞅开什，跟着又转身瞅了瞅我。"我不在意做一些真正有用的事。与其呆坐在这里，连手臂都不抬，就跟眼下这样……"

我说："那就这么决定了，开什。"

开什说："那还能怎么办呢？"

河的宽度还不足一百码。在我们的视线范围内，那片荒芜、乏味的景色之外，仅有的生命体便是爹、弗龙、瓦塔曼，以及德威·特尔。那片景色看上去很恐怖，有些向左倾斜，好像我们进入的这个荒凉的世界正在做加速运动，眼看就要跌入深崖，永不超生了。但那些站在河对岸的人看上去都很小。我们跟他们之间的空间，仿佛已经变成了永远无法重来的时间。时间本是一条线，它在我们面前沿着笔直的轨道奔跑，长度不断缩短，但眼下它却好像变成了一条环形带子，在我们与他们之间平行奔跑，空间距离不再是我们中间的空隙，而变成了时间那条线的加速增长。两头骡子前腿稍斜，站在水中，翘起臀部。眼下它们的呼吸声中加入了深重的呻吟。它们回头瞧了瞧，用一种慌乱、悲伤、神秘、失望的眼神扫视了一下我们。那模样就像是它们已经看见了隐藏在浓稠河水中的灾难，无奈无法告知尚未看见的我们。

开什又坐回到大车上面。他伸出两手，将安迪按下去，轻轻摇晃了几下。他面色阴沉，看上去有很多心事。他将自己的工具箱搬起来，向前推，一直推到座位下面。我们同心协力，将安迪推向前面，用工具箱和大车的座位架子将她固定起来。随后，开什朝我看过来。

我说："不成啊，我想我必须留下来。说不定这事儿需要两个人才能处理呢。"

他将自己那一堆盘好的绳索从工具箱里取出来，将绳索的一端绑在座位的支柱上，没有系起来，只是缠绕了两周，跟着他让我拿着绳索的一端，并将另一端交到了朱埃尔手上。朱埃尔将绳索缠在马鞍一角上，绕了一周。

朱埃尔不得不逼迫马进入水中。它高高抬起膝盖，弯曲着自己的脖子挪动起来。那模样叫人看得很厌恶，很气愤。朱埃尔在马上坐着，稍微向前倾斜着身体。他也略微抬起了膝盖，并朝我们这边瞥了瞥，目光警惕而又冷静。然后，他便继续向前张望。他一面逼迫马向下走进水中，一面又柔声细语安抚着它。马脚下一滑，连马鞍都被水浸湿了。跟着，它又稳住了自己的身体，抵挡住了水流的冲击。在朱埃尔的大腿边上，浪花正在翻滚。

开什说："你可要当心啊。"

朱埃尔说："我已经抵达了浅滩，你们可以继续朝前走了。"

开什握住缰绳，驱使骡子走进水中，动作谨慎，又相当有技术含量。

那时候，我能感觉到我们正在承受水浪的冲击，并因此推断我们已经抵达了浅滩。在那样的情况下，要判定我们是否在前行，唯一的依据就是这种光溜溜的碰触。过去这片区域十分平坦，如今却出现了很多凹陷和凸起。我们踩在上头，高一脚低一脚，跌跌撞撞。在极少的时候，我们也会踩到少许坚硬的土地，不过这对我们一点帮助都没有。这样的触碰轻微而又散漫，仿佛是在嘲笑我们。开什回头，朝我看过来。我在那一刻便明白，我们就要失败了。但我真正了解到绳索的作用，却是在看到圆木的那一刻。圆木浮出水面，在波涛起伏的水面上直立了很长一段时间，好像在海面上行走的基督一样。

开什说："你马上下车，借助水流的力量，到河道拐弯的地方去，那样你就会平安无事了。"

我说："我不要，就算我照你的意思做了，也会全身湿透的，跟现在没什么区别。"

那根圆木像是从河底纵身跃出来的，忽然就在两朵大浪中间现身了。圆木后头连着一串泡沫，呈长条形状，好像老头或山羊的胡须。在开什跟我对话时，我很清楚他正一刻不停地关注着圆木，以及在圆木之前十英尺处的朱埃尔。他说："把绳索放下来。"他用另外一只手朝下摸索，解下了那两圈缠绕在座位支柱上的绳索。他说："朱埃尔，骑着马继续朝前走，说不定你能帮我们避开那根木头，只要你能把我们拉到前边去，就能避开它。"

朱埃尔冲着马高声叫起来。他又做出了这样的举动：好像从双膝间提起了那匹马。他所在的地方恰好位于浅滩比较高的位置上，马所踩的地方也相对坚硬。它向前一冲，有一半身体脱离了水面，看上去湿淋淋的，闪耀着光芒。随后，它又连续朝前冲刺，速度相当迅猛，简直让人无法相信。这总算让朱埃尔了解到，绳索已经解开了。我看到他不断地拉缰绳，叫马往后退。当他扭回头来时，圆木正缓慢地移向我们这边，它一端朝向天空，刚好压住了两头骡子。骡子也瞧见了它，它们黝黑的身体在水面上显现了一段时间。然后，靠近下游一侧的那头骡子消失了，另外一头骡子也被它拖下了水。大车倾斜，横在了浅滩的高处，站得不怎么稳当。跟着，木头便撞过来，把大车的一端撞得翘起来，接下来继续向前漂流。开什将半边身体扭转过来，他手中握着的缰绳紧绷着，滑落到了水中。他朝后伸出另外一只手，将安迪按下去，用力推向大车未被河水淹没的那一侧。他心平气和地说："马上从车上跳下去，远离骡子。游水要顺着水流的方向，那样你便能借助水流的力量抵达河道的拐弯处，安然无恙。"

我说："你也一起吧。"弗龙和瓦塔曼正沿着河岸疾奔。爹和德威·特尔在那里站着，朝我们行注目礼。德威·特尔手臂上挎着篮子，还有包裹。朱埃尔正在拼命叫马往后退。水面上浮出一头骡子的头，它双眼大睁，回头望向我们，视线在我们身上定格了片刻。它还发出了一种声音，听起来简直跟人声差不多。但接下来，它再度失去了影踪。

开什叫起来："朱埃尔，撤退！撤退，朱埃尔！"在随后的一分钟，我看到他倚着翘起的大车，手伸向后面，拽着安迪和他的工具。那根翘起来的木头一侧还长有枝丫，它用那一侧撞了一下。这一幕我全都看在眼里。在木头的后面，朱埃尔将马拉得直立起来。马扭回头来，朱埃尔便伸出拳头在马头上击打着。我从大车上跳下来，跳进河流的下游一侧。我再度望见了两头骡子，在两朵大浪中间的凹陷处现身。它们的身体先后被河水掀翻了，四仰八叉。它们摆出这种姿势，就表明它们已经彻底远离了土地。

瓦塔曼

有开什用力抵挡但她还是落水了特尔也纵身跳进水里沉下去开什高叫起来想帮他一把我也高叫起来不住奔跑德威·特尔朝我喊瓦塔曼哎瓦塔曼哎瓦塔曼弗龙这时到了我前面他见到她浮起来跳起来重新沉下去特尔还是没能抓住她

他从水面上露出头来想瞧瞧现在是什么状况我叫起来特尔救她上来呀快点救她上来呀他没往回游他好几次伸手去抓她但她实在太沉我又叫起来救她上来呀特尔快点救她上来呀但一个男人游泳都比不上她在水里漂流得快特尔要抓住她只能是在水里他是摸鱼好手我相信他能救她上来虽然眼下他面前又出现了一道阻拦那两头骡子它们四肢僵直浮上水面跟着又打着滚儿沉下去只露出后背来她在水里漂流的速度要快过男人和女人游水特尔只好重新试了一下我来到弗龙身边他不想去水里帮特尔他明明很清楚却不愿意跟特尔一起救她上来

骡子四肢僵直又从水面上浮出来它们四条腿摇摆得很慢特尔忽然又出现了我又叫起来救她上来呀特尔，救她到岸上来呀弗龙不愿帮忙特尔只能使劲儿避开两头骡子在水里抓住了她然后慢慢游到河岸边她的身体还在用力往下沉但特尔劲儿太大了我见到他朝这边慢慢游过来她跑不掉了我跑进水中去帮他的忙我不住声地叫我并不想这

样子特尔在水下使劲儿抓着她一点儿都不敢放松她很想脱离他的手可他不允许她这么做他是不会松手的他正看我呢好了终于好了好了

他爬出水面。慢慢走出老远但没把手从水底下抽出来。唯一能让我接受的就是他一定是在水下抓着她，一定是的。这会儿他整个儿从水面上露出来了，两只手也露出来了。我叫起来，我控制不住自己。也没工夫控制自己。要是我真能控制的话我会拼命去控制的。但是他露出来的双手是空的，连水都流得一点都不剩。

我说："特尔，妈呢？从头到尾，你都没把她抓住。她是一条鱼，你明知是这样的，却还是让她游走了。从头到尾，你都没有把她抓住，特尔，特尔，特尔。"我沿着河岸奔跑起来，眼见骡子浮起、沉下，慢慢腾腾的。

塔　尔

　　我跟可拉说了，特尔怎样从大车上跳下去的，怎样让开什独自一人留在车上想方设法保护棺材。大车随后翻车了，当时朱埃尔已经快要抵达河岸了，却强逼着自己的马又退了回去，马不愿意，它倒是很聪明。可拉却说："你们都说特尔很怪，不够机灵，但他却是唯一一个知道应该从车上跳下去的人，由此可见他是他们中间仅有的一个聪明人。埃斯甚至都不愿意坐那辆车，我觉得他太精了。"

　　我说："就算他上了车，也不会起什么作用的。原本他们一切顺利，若非那根木头突然出现的话，他们就过来了。"

　　可拉说："别说这些没用的，那根木头是上帝之手。"

　　我说："既然是上帝之手，便无人能够抵挡，光是有抵挡的想法，都是对上帝不敬。既然这样，你又有什么理由说他们没头脑呢？"

　　可拉说："可是为什么他们又抵挡了？这究竟是怎么回事，你倒是给我说说看。"

　　我说："你之所以批评埃斯，就是因为他没抵挡。"

　　可拉说："留在车上是他应当应分的事。他应该上车的，他没勇气做的事，不能让他的儿子们去做，否则他就不是一个真男人。"

　　我说："你究竟是什么意思，我真是糊涂了。就在上一分钟，你还说他们若不想违背上帝的指示，就不应运送棺材到河对岸去。但到了后一分钟，你又因为埃斯没有跟他的儿子们同甘共苦，把他狠狠骂了一顿。"

这会儿，她一边洗衣服，一边又唱起了圣诗。她的神情让人觉得她已脱离了人类，还有人类一切蠢笨的作为。她唱着圣诗，走向天堂，将他们抛在了后面。

大车支撑了很久，在它身下，水流聚合、激荡，迫使它远离了浅滩。开什拼死推着棺材，不叫它跌落水中，让大车完全翻转，他的身体因此不断倾斜。然而，大车还是整个儿翻转过来，落入了水流的掌控中。这时，圆木已经飘到了前方，一端朝向大车，围着它兜了一圈，然后就跟它分道扬镳了。圆木的这一举动好像一个游水的人被委派到这里，以完成某个任务，任务完成后，他便马上离开了。

两头骡子总算脱离了束缚，被河水冲走了。在某一刹那，开什和车都纹丝不动，他好像控制住了车。朱埃尔还在逼迫自己的马返回大车旁边。那个小孩忽然跑到我前边，在奔跑的同时，还冲特尔高叫着，那姑娘想拉住他。随即那两头骡子又出现在了我的视线范围内，它们打着滚儿从水面浮出来，动作相当缓慢。它们四肢僵直，四仰八叉，仿佛刚刚一直在以四蹄朝大的姿势行走，然后一下子就停了下来。过了一会儿，它们的身体再度翻转过来，被河水淹没了。

翻车以后，车、朱埃尔、马都乱了阵脚。开什还抱着棺材不放，但突然之间他就消失了。马开始胡乱踢蹭，溅起片片水花，遮挡了我的视线，让我误以为开什已经放弃了原先的计划，正准备游水去把棺材弄上岸来。在这样的情况下，我便冲朱埃尔高叫起来，命令他回到这边来。然而，他和马却一下子沉入水中。在我看来，他们应该是被水流冲走了。我明白，那匹马已经身不由己地离开了浅滩。眼下情况简直太糟糕了，一匹快要被淹死的疯马，一辆大车，以及一口失控的棺材。我站在齐膝的河水中，冲身后的埃斯大叫道："瞧瞧你都做了些什么！瞧瞧你都做了些什么！"

马重新站起身来，走向河岸边。它甩了甩高昂的头。就在这一刻，我发现他们之中有一个在下游现身了，正抓着马鞍。于是，我便在河岸上奔跑起来。我知道开什不识水性，因此我想找到他在哪里。我冲朱埃尔高叫着，询问他开什的位置。我那模样跟河岸下面那个小不点儿没啥两样，都傻乎乎的，那小不点儿这会儿还在冲特尔大呼小叫呢。

我向下移动了几步，在水中靠烂泥撑住自己的双脚。就在这时，我发现了朱埃尔。我相信他最次也已经上了浅滩，因为他只有一半的身体泡在水中。眼下，他正弯腰驼背，逆水而行，走得相当费力。那条绳索也出现在了我的视线范围中，随后是那辆被浅滩挡住了去路的大车，他正拖着它前行，它身边汇聚了一道又一道浪花。

据此推测，是开什控制住了那匹马。马将河水搞得水花飞溅，好不容易才爬到了岸上，像个活人一样呻吟、感叹起来。我来到它身边，当时它正将手握马鞍的开什往旁边踢。开什落回水中，面孔朝天。当时只见他面色灰白，双眸闭合，脸上还有一道很长的污泥。随后，他的手一松，身子翻转过去，掉进河里。那模样仿佛一包旧衣，正在河岸边起伏、洗刷。他伏在水中，面孔朝下，身体摇晃不停，仿佛在看着水底的某样物事。

我们一方面能看到绳索掉进水里，另一方面又能感受到沉重的大车好像正迫不及待又散散漫漫地撞过来。那根绳索很硬，就像一根铁条一样，而且是一根烧红了的铁条，以至于它周围的水都吱吱有声。我们拿着绳索的这一头，另一头已经直直地插到水中。大车散散漫漫地向前冲，向后退，推撞着我们。它那样散漫，好像已经兜了个圈子，抵达了我们身后。它好像已经等不及了，而此前它早已下定决心要这样做。一头肚皮鼓胀、好似气球一样的小猪漂过来。朗·奎科养了些小花猪，它就是其中之一。它在绳索上撞击了一下，仿佛撞击到铁条上，身体被弹开了。之后它便继续向前漂流，那根绳索在我们的注视下斜插到了水里。

特 尔

开什面朝天躺在那里，枕着一件卷成一卷的外套。他面色苍白，紧闭着两眼，头发因为满是泥水而变成了一整块，齐整地覆在额前，好像用刷子涂了一层油漆。他原先紧绷的皮肤在被水浸湿后好像松弛下来了，这让他的面庞略显凹陷，眼窝、鼻梁，以及牙床周边的皮肤也都凹陷下去。他的牙龈泛白，牙齿微张，仿佛在冷笑。他躺在那儿，身上的衣服都湿透了，瘦骨嶙峋的，活像跟竹竿。在他的脑袋边上是他吐出来的一摊水渍。有时，他转头转得不及时，或者根本转不过来时，嘴角上就会流出一道线形的唾液，淌到他面颊上。德威·特尔俯身用自己的裙裾帮他擦拭干净。

朱埃尔手拿刨子走过来说："刚刚弗龙发现了一个直角尺。"他垂首瞧着开什，水珠从他身上滴下来。"他还没开口讲话吗？"

我说："我知道他把锯、锤、粉线斗、尺子都带过来了。"

朱埃尔把直角尺搁到一旁，爹看着他说："这些玩意儿都是一块儿被水冲走的，不过它们肯定走不远。我真是倒霉到家了，无人能及。"

朱埃尔并不看爹，只是说："还是叫瓦塔曼回来吧。"他朝开什看了一眼，然后转身走了，并说："等他好一点了，就向他问清楚我们还丢了些什么东西。"

我们返回河岸边。整辆大车都已被拖上岸来。为了不让它再滑落到洪水中去，我们在车轮下面安放了楔子。放楔子时，我们都小心翼翼的，仿佛这辆我们熟悉得不能再熟悉，且十分残破、散漫的大车上还残存着某种暴力，不到一个小时前，那两头拉着它的骡子就是被这种暴力害死的。这种残存的暴力，随时可能会再次发作。在大车的底板上，摆放着那具棺材。那些长条状的白色木板在经受水浸以后，看上去已经顺眼多了，不过依旧是一片金黄，好像金子浸在了水里。此外，还有两道很长的污泥横在上面。我们在走向河岸途中，正好打棺材旁边经过。

绳索的一头系在一棵树上，系得相当牢固。瓦塔曼正在齐膝深的水流旁边稍微向前佝偻着身子，注视着弗龙。瓦塔曼自腋下开始全都湿了。这会儿，他已经停止了喊叫。在绳索的另一头，弗龙正站在齐肩深的水中。他回头望向瓦塔曼，说："继续后退，一直退到那棵树旁，不要让绳子松下来，帮我拽紧了。"

瓦塔曼瞧着弗龙，机械地循着那根绳索后退，最后退到了那棵树旁。他在我们爬上河岸时，朝我们看了一眼，他看上去有些茫然，双眼瞪得圆圆的。随后，他又望向了弗龙，神情又变得非常警惕。

弗龙说："锤子也已经找到了。按理说，粉线斗应该能漂浮到水面上，我们应该能把它找回来的。"

朱埃尔说："找不到了，它要是能漂起来，肯定已经漂到远处去了。但是，我们应该可以找到锯。"

弗龙注视着水面说："我也这么认为，粉线斗应该也能找到。他还有别的东西吗？"

"他还一句话也没说呢。"说着，朱埃尔便进入了水中。他回头看着我说："你回去吧，叫醒他，叫他讲话。"

我说："那边有爹看着呢。"我尾随在朱埃尔身后，循着绳索进入水中。我握着绳索，将它拉成长长的弧状，弧度略有些大，还有共振，像个活物一样。

弗龙瞧着我说："你还是回去待在原地比较好。"

我说："我们还是先找东西吧，要不然该被水冲走了。"

我们抓着绳索，在我们的肩膀四周，湍急的水流正打着旋儿。眼前的宁静只是一种假象，实际情况是，水流正散散漫漫地靠在我们身上，将它们真实的力量作用给我们。七月份的河水居然这么凉，真让我始料未及。置身其中，就像有很多手在用力捏弄、戳刺我们身上的每根骨头。

弗龙还在扭着头望着河岸那边，他还问："你说说，我们这么多人，这条绳子能撑得住吗？"

我们也都扭回头去，循着那条绷紧如铁条的绳子张望。它探出水面，一直蔓延至那棵树那里。瓦塔曼半蹲在树旁，朝我们行注目礼。

弗龙说："我那头骡子应该不会不问我的意见就跑回家去吧，但愿是这样。"

朱埃尔说："快干活，快点干完就不用待在这破地方了。"

大家一个接一个潜到水下，在拉住彼此的同时，用一只手扯住绳索。这会儿，在我们的脚下，凉水铸成的墙正将湿漉漉的泥土吸附到上游去。我们悬浮在水中，循着冷冰冰的河床向前探路。就算是这边的湿泥，也显得很不老实。它凉飕飕的，让人无法靠近。我们踩在上头，就像踩在一个不断移动的地方。我们寻觅着其他人伸过来的手，循着绳索向前探索，循序渐进，小心翼翼。我们也会逐一站起身来，望着其余二人中的一人在水下寻觅道路，在他身旁水流激荡，正在吸附着什么。爹也过来了，在岸边瞧着我们。

弗龙从水面上露出头来。他的脑袋和身体都在流水。他噘起嘴巴吐出一口气，双颊随即变成了凹陷状。他的嘴唇活像老化的橡皮，呈现出青色。他找着了那把尺子。

我说："这把尺子是他上个月刚刚在商品目录中看中，邮购回来的，还是崭新的。现在找到了，他肯定会很开心。"

弗龙说："真希望我们能确定还有哪些东西没找到。"说着，他便回头瞧了瞧，跟着又扭回头去，冲着朱埃尔刚才潜水的那片区域问："他下去得比我早吧？"

我说："我也不知道，我觉得应该比你早。没错，没错，是比你早。"

我们凝视着水面，河水浑浊，呈螺旋状，道道螺旋自我们身旁徐徐荡漾开，越来越远。

弗龙说："扯住绳子，把他拉上来。"

我说："可他在你那头啊。"

他说："我这头没人啊。"

我说："收起绳子吧。"

还没等我说完，他已经将绳索的一端拉出了水面。但就在这时，朱埃尔出现在了我们眼前。他距离我们有十码远。他从水面上露出头来，一边吐气一边朝我们这边看。他将自己的长发一甩甩到了脑袋后头，跟着望向河岸那边。我们看到他正在吸气，吸得很用力。

弗龙叫他："朱埃尔。"他叫这一声时，并没用上多大的力气。

不过，这一声在水面上传播得相当响亮、清晰。它带有命令的意味，但又命令得恰如其分。"回来吧，那些东西会自己漂回来的。"

朱埃尔再度潜入水中。我们站在原地，身体向后仰，跟水流对抗。我们瞧着他潜水的那片区域，一块儿将已经软掉的绳索拿在手中，像两个人在举着一个灭火的水龙头，等着来水。德威·特尔忽然在我们背后的河水中现身，说："叫他回来！朱埃尔！"

朱埃尔重新露出头来，将眼前的头发甩到了脑袋后头。他的身体倾斜着，这会儿他正向河岸边游去，但河水却冲着他往下游走。

德威·特尔高叫着："哎，朱埃尔！"

我们站在原地，手中握着那根绳子，目送他游到岸边，跟着爬上去。他从水中站直了身体，随后弯腰将一样东西捡了起来。他循着河岸往这边走来。那只粉线斗他已经找着了。他走到正对着我们的地方，站住不动，同时像在找某样东西似地朝四周张望着。爹循着河岸走向下游，去看他那两头骡子。它们的身体圆滚滚的，正在水面上漂浮着，在缓慢的水流中彼此摩擦，却没有发出任何声音。

朱埃尔问："弗龙，锤子呢？"

弗龙把头冲瓦塔曼那边甩了甩，说："我给他了。"瓦塔曼正望着爹所在的方向。弗龙随后又看向了朱埃尔，审视着他说："直角尺我也一块儿给他了。"说着，他便从我和德威·特尔身旁经过，走向了河岸。

我对德威·特尔说："你也赶紧上岸吧。"她瞧着朱埃尔和弗龙，一句话也没说。

朱埃尔问："锤子呢？"瓦塔曼疾步上了岸，把锤子拿在手中。

弗龙说："跟锯比起来，它要更沉一些。"朱埃尔将粉线斗的一头跟锤子的把手绑到了一块儿。

朱埃尔说："锤子的把手是木头的，锯子可不是。"他站在弗龙对面，彼此脸对脸，一起瞧着朱埃尔的双手。

弗龙说："还有，跟锯子比起来，锤子更平整。它在漂浮时的速度大概有锯子的三倍。还有那个刨子，你不妨也拿它试验一下。"

朱埃尔瞧着弗龙。跟他一样，弗龙也是个高个儿。这两人都既高且瘦，都穿着湿乎乎的衣服，站在那儿彼此对视。

朗·奎科只要瞧瞧空中的云彩，便能预测出十分钟后的天气。当然，我所说的并非小朗·奎科，而是老朗·奎科。

我说："到岸上去吧，你们还留在水里干吗？"

朱埃尔说："它跟锯不一样，它不会漂起来的。"

弗龙说："它的浮力比锤子大，跟锯差不了多少。"

朱埃尔说："我们打赌。"

弗龙说："我才不跟人打赌呢。"

他们在原地站着，瞧着朱埃尔的双手，那双手也连动都没动过。

朱埃尔说："得啦，就拿刨子来试试吧。"

两人把刨子拿过来，绑在了粉线斗上，然后再次下了水。爹循着河岸回来了。他止步于原地，朝我们这边瞧了一阵子，看上去像一头被打败的公牛，一只高个子的老鸟，弯腰驼背，满腹心事。

弗龙和朱埃尔以后背抵挡着水流，走了回来。朱埃尔命令德威·特尔说："不要留在水里，挡住我们的路了。"

为了让他们过去，她只能朝我这边靠过来。朱埃尔似乎很担心刨子会被河水泡坏，于是将它高举过自己的头顶。那条纤细的蓝绳掉下来，落在他肩上。在从我们身旁经过时，他们俩停住了，开始争论大车究竟是在哪个地方翻车的，争论的声音很轻微。

弗龙说："这件事特尔应该很清楚。"他们都朝我这边看过来。

我说："我又没在大车上待很长时间，我哪里清楚？"

朱埃尔说："真没劲。"他们继续小心谨慎地向前走，用后背抵挡着水流，用双脚寻觅浅滩。

弗龙问："绳子你拉紧了吗？"

朱埃尔没说话，他回头朝河岸那边望过去，想了想，又将视线落回到河面上。他扔掉了刨子，用手指拨弄着纤细的绳子，那条绳子太细了，他的手指都被勒青了。等到绳子静止下来，不再向前时，他便让弗龙来控制它。

弗龙说："这一次我去好了。"朱埃尔依旧不答话，只是在我们的注视下默默地潜到了水下。

德威·特尔轻声叫道："朱埃尔。"

弗龙说："那地方并没有多么深。"说这话时，他一直盯着朱埃尔潜水的地方，连头都没回。

随后，朱埃尔拿着那把锯，从水下露出头来。

我们从大车旁边经过时，爹正在那儿站着，拿着些树叶擦拭那两道泥渍。朱埃尔那匹马正在树林前头站着，二者相互辉映，好像一条五彩斑斓的被子搭在了晾衣绳上。

自始至终，开什都没动弹。我们手拿刨子、锯、锤子、直角尺、长尺、粉线斗，站在他身旁。德威·特尔蹲下去，将开什的脑袋向上抬，叫道："开什，开什。"

他睁开双眼，盯着我们上下翻转的面孔，神色迷茫。

爹说："我真是这世上最倒霉的人。"

我们举起那些工具给开什瞧，问他："哎，开什，东西都齐了吗？"

他转动着自己的头，并合上了双眼，好像有话要说。

大伙儿叫他："开什，开什。"

结果他是因为想吐才转头的。德威·特尔撩起自己湿漉漉的裙裾，帮他把嘴巴擦干净，随后他才开始说话。

朱埃尔说："还缺一样东西，那样东西可以用来保养锯齿。它是跟长尺子一块儿买的，还很新。"他扭身就走了。弗龙还蹲在地上，抬头望着他的背影。随后，弗龙起身跟上他，两人又下了河。

爹说："我真是倒霉到无人能敌的地步了。"我们全都蹲在地上，在我们的上方，高高浮动着他的身影，仿佛一个醉酒的批判艺术家用劣质木头雕刻出来的雕塑，手工也很低劣。他说："这真是一场灾难，但我并未因此责怪她。所有人都不能否认我这个说法。"德威·特尔将开什的脑袋放回原地——那件卷起的外套上。为了避免他再呕吐，她特意把他的脑袋略微扭动了一下。我们将他的工具全都搁到他身旁。爹说："上次他在教堂里把腿摔断了，这次他又摔断了同一条腿，但说到底，这是他走运。不过，我不会把这件事的责任推到她头上的。"

朱埃尔和弗龙再度下了河。但打这边望过去，水面并没有因为他们的进入出现半点波澜，他俩好像被湍急的水流一下子切割成了两段。两人的身体在水上挪动着，动作小心得过了头，显得很滑稽。河水仿佛一台机器，你已经凝视并聆听了它很久，此刻的它看上去相当宁静。仿佛你那凝固的血块，沉浸在永不停息的原始运动中，丧失了所有视力和听力。由于知觉麻痹，连愤慨都已变成了平和。德威·特尔蹲在地上，用自己湿漉漉的裙子赋予了三名瞎汉已经死亡的双眼各种哺乳动物的特性，那些特性都很荒谬，很可笑，它们便是土地上的地平线以及山谷。

开 什

那样东西安放得不够稳当。我一早就跟他们说了，要想顺利地搬运它，他们必须得

可 拉

我们有一回在一块儿闲聊。她从来都不是个虔诚的教徒，就算经历了那年夏季的野营布道会，这种情况也没有发生任何改变。那一次，她跟惠特菲尔德兄弟单打独斗，用她内心的骄傲跟他们进行思想方面的激烈交锋。我也多次告诉过她："上帝为了抚慰你悲苦的人生，才将这些子女赐予了你。同时这也象征着他所承受的苦难和他的博爱精神，毕竟你在孕育他们的过程中正享受着爱情。"此前她将上帝赐予她的爱，以及她要对上帝负的责任，都看成了天经地义的事，这么做无疑会让上帝不悦，所以我便对她说了这样一番话。

另外，我还说："我们能用更大的音量给上帝无尽的赞美，这种能力是他赐予我们的。"这是因为我曾说过，在天堂，对一百名无罪之人的欢呼声，根本比不上对一个有罪之人的欢呼声。但她给我的回应却是："难道永无止境的认罪和赎罪，就是我每日生活的全部吗？"我反问她："你竟然有胆子判断哪些是罪行，哪些不是，你有这样的资格吗？只有上帝才有资格判定一个人是有罪还是没罪。赞美他的仁慈，以及他美好的名声，以便让所有人都能了解，才是我们的职责所在。"因为世间唯一能看透人心的就只有上帝。一个女人不能因为男人们断定她的生活作风没问题，就确定自己是无罪之人，不必敞开心扉面对上帝，迎接他赐予的恩惠。我对她说："你心中是否有罪，不能只通过你作为妻子长久以来的忠心度判定。你是否已经蒙受了上帝的恩赐，同样不能只通过你艰苦的生活现状来下结论。"不过，她却说："我是有罪的，这一点我很清楚。我也很清楚，我应当受到惩处。对此我没有半句怨言。"我说："你之所以这么大胆，越权代上帝判断什么是罪行，什么是救赎，其实是因为你为人太骄傲了。一面承受苦难，一面高声赞美上帝，这就是我们所有人的共同命运。在我们还没有记忆的时候，上帝就已经在判断怎样才能算是有罪，并向有罪者提供了救赎之道，它们就隐藏在各类磨难与考验之中，阿门。而你即便是在惠特菲尔德兄弟帮你祈祷，想尽办法救赎你后，依然表现得毫不动容，你真是太骄傲了。在这个世界上，最圣洁的人，最关心你的人，都非上帝莫属。"无论是判断自己是否有罪，还是了解上帝用何种依据来判断有罪与否，这些都不是我们的职责所在。

她的人生十分悲苦，但这是所有女性共同的命运。不过，单是看她说话的口吻，你会觉得她对罪行和救赎的了解，简直已经超过了上帝，以及那些正在跟人间种种罪行进行艰苦搏斗的人。实际上，她只犯下了一项罪名，就是对根本不爱她的朱埃尔格外偏爱，却不爱真心爱她的特尔，尽管我们这些世俗之人都认为特尔是个怪人，但是他却承受了上帝亲手赐予的恩惠。她这样做真是自讨苦吃。我跟她说过："这便是你犯下的罪，至于惩罚，也已经落到了你身上，那就是朱埃尔。可是，什么才是你的救赎之道呢？"随后，我又说道："人生相较于永恒的恩惠来说，是相当短暂的。我们的上帝有很强的嫉妒心。你无权做出评判，那是上帝的特权。"

她说："我明白的，我……"她没有说下去。

我便问她："你明白什么？"

她回答道："其实也没什么。他会救赎我的，他就是我的十字架。无论我身陷洪水还是大火，他都会救我出来的。他甚至可以在我死后让我得到救赎。"

我问她："你是如何得知这些事的？你既没有敞开心扉面对他，也没有在赞美他时将你的音量提升。"但我随即意识到，她所说的"他"并非上帝。我知道，她在骄傲的驱使下说的这些话，已经构成了对神明的不敬。因此，我便跪在原地，并叫她也跪下来，敞开自己的心扉，驱逐出那只骄傲的恶魔，恳请上帝宽恕自己。她没有接受我的提议。她坐在原地，被骄傲缠绕，深陷其中。正因为这样，她不愿坦诚面对上帝，并将本该属于上帝的位子让给了那个自私自利的庸俗少年。我跪在地上，帮她祈祷。这个毫无见识的可怜女人，我为她祈祷。我祈祷得如此虔诚，甚至超越了帮自己以及家人祈祷的时候。

安　迪

下午放学以后，所有学生都回家了，走在最后的是一个流着脏兮兮鼻涕的小学生。我却没有回去，我从山坡上走下去，走到泉水之畔。我可以安安静静地在这地方待上一阵子，把我对他们的仇恨宣泄出来。这地方现在基本没什么杂声。泉水冒出来，流出去，夕阳斜照着树木，静谧非常。树叶潮湿霉烂的气味，以及刚刚开垦出来的土地那种清淡的味道，弥漫在四周的空气中。这样的气味在初春时节显得格外浓重。

父亲时常说，人之所以生活在世上，只是为了为永恒的安睡做准备。如今，我对这件事的记忆已经相当模糊了。那段时间，我不得不瞧着那些男生和女生，瞧了一天又一天。他们每个人的想法都很隐秘，很自私，他们每个人都流着不同的血液，当然也不同于我。我因此想到，要为永恒的安睡做准备，仅有的途径可能就是眼前这种生活。我情不自禁地憎恨起我的父亲来，为什么他要生下我来，为什么他要把我养到这么大呢？我很想找个借口用鞭子抽打我的学生，所以我没有一天不在期盼他们犯错。抽打他们时，我觉得像是在抽打我自己。眼见鞭痕让皮肤变得肿胀，我能感觉到自己的血液正在迅速流动。"这下你明白我有多厉害了吧！你的生活隐秘而又自私，眼下我已经成了它的组成部分。我用自己的血液，在你的血液之中烙下了永恒的印记。"每抽一鞭子，我就会在心里这样说。

到了后来，我不再抗拒埃斯。连续三四次，我见到他出现在教室前。这使我明白，他是特意赶着车，绕了四英里的路到这儿来的。他还不算老，并且他的身材很高，可就在同一时间，我却留意到他开始弯腰驼背，当他坐在大车的赶车位上时，非常像一只又高又大的鸟在寒冷的天气中弯着腰。他经常从学校前边缓慢地经过，赶着他那辆大车，车身不断发出吱悠吱悠的响声。与此同时，他还会缓慢地回头，注视学校大门，等到大车从道路的拐弯处拐过去，我再也看不见他时，他才会停止这种注视。有一回，他经过这里，我特意站到学校门口。结果他在见到我的瞬间就转移了视线，头也不回地走了。

初春时节最容易失眠。我有时简直忍无可忍，半夜三更在床上躺着，听北归的大雁发出的叫声。那种长啸声十分高亢，没有任何约束，但越来越远，逐渐在渺远的夜空中消失不见。白天的时候，我总是想到山下的泉水之畔待着，因此，我在等待学生们全都离开学校的过程中，似乎总是很不耐烦。

一天，我在抬头时看到了埃斯。他站在那儿，双手拿着帽子转来转去。他穿的是自己最好的衣服，以往他只有在礼拜天才会穿。我问他："你家的女人为什么没提醒你去理发？莫非你家连女人都没有？"

他回答说："的确没有。"然后，他的双眼像第一次进入某座院落的猎狗一样瞪着我，傻乎乎地说道："我过来看你，就是因为这个原因。"

我说："你家真的连一个女人都没有吗？所以才没人提醒你挺

直你的肩膀？但你应该有自己的房子。据他们说，你不光有房子，还有一座农场，并且经营得蛮不错的。这样说来，你是独自住在那地方吧？"

他转动着手中的帽子，继续呆呆地瞧着我。

我说："你有一座全新的房子。你准备要结婚，对吗？"

他注视着我的眼睛，将那句话重复了一遍："我过来看你，就是因为这个原因。"

随后，他跟我说："你不用忧心这件事，我在这世上无亲无故。我觉得，你也应该跟我差不多吧。"

"当然不是，我在杰夫森还有家人呢。"

他面色稍沉，说："哦，我也算是有点家业，生活有余裕，声誉也不差。对于城里的人，我还是了解的，但他们在评价我时，可能会……"

我说："他们只怕很难再说什么了，只有听的份。"他瞧着我的脸，瞧得相当细致。我说："他们都已经去世了。"

他说："你不是还有些亲戚仍在人世吗？他们的观点会有所不同的。"

我说："我不清楚他们是不是会这样。我的亲戚都是同一类人，没有特殊情况。"

就这样，我跟埃斯在一起了。结婚给我的报应，出现在后来我得知自己怀上开什时，到了那时，我才明白世事艰难，而言语是最缺乏价值的东西，它们在被说出来时就已改变了原意。开什出世的时候，我明白了母爱一词的制造者只是因为需要才制造出了这个词，原因就是，这个词是否存在，对真正做母亲的人来说一点儿都不重要。我也明白了恐惧一词的制造者，对恐惧根本就一无所知，骄傲一词同样如此。我并不是因为他们总是流鼻涕才觉得生活很恐怖，真正的原因是我跟他们不得不借助语言利用彼此，所谓的血浓于水，只是鞭打造就的结果。这正如蜘蛛彼此之间没有任何接触，只用嘴巴吐出丝来，垂到房梁下面，又是摇摆，又是旋转。我不是因为自己的孤独每天都频繁遭受打扰，才了解到生活有多么恐怖，真正的原因是我的孤独在开什出生前从未受过打扰，就连夜晚的埃斯也不曾打扰过它。

他也有一个词语，他管它叫爱。但这么久以来，我对语言实在熟得不能再熟了。我明白，这个词语只是一个幻影，用来填补空缺，等时机到来以后，这种语言替代品你便用不着了，这跟你再也用不着自负或是害怕，是一样的道理。从这方面来说，这个词语跟其他词语没有任何区别。开什用不着在我面前说出这个词语，我也一样用不着在他面前说。埃斯如果想说的话，就随意吧。我一直这样说。所以，无论结果是埃斯与爱还是爱与埃斯，对我来说都无所谓。

这就是我一直以来的想法，就算黑夜中我与他同床共枕，这种想法也没有丝毫改变。在我触手可及的地方摆着摇篮，开什就睡在里面。要是他从梦中苏醒时哭起来，我还是要喂奶给他吃的。这个想法一直徘徊在我的脑海中。随便怎么称呼，埃斯也好，爱也好。我的孤独受到了打扰，并因此演变为一个完整的圈子：不管你如何称呼，时间、埃斯，或是爱，统统都被隔绝在了圈子外。

随后，我发觉自己又怀孕了，怀上了特尔。我起初不愿意相信这件事，随即又觉得自己会杀掉埃斯。我觉得自己仿佛被他欺骗了，他用一个词语、一面纸屏风遮挡了自己，然后将纸刺破，一刀刺在我身上。不过，我随后又醒悟到，是一个比埃斯与爱还要年代久远的词语，为我设下了这个骗局，埃斯也上了它的当。终其一生，他都不会发觉我在报复他，这就是我对他的报复。特尔出世以后，我终于明白父亲的建议是正确的，尽管他此前根本无法了解自己是正确的，而我此前也根本无法了解自己是错误的，所以我向埃斯提出了一个要求，在我过世以后，请他务必要将我的遗体葬到杰夫森去。

埃斯说："不要胡说八道。我们才生了两个孩子，还远远不够呢。"

那时候，他并不明白他对我而言已经是个死人了。某些夜晚，我躺在他身旁，在一片漆黑中聆听大地发出的声响，大地现在已经融入我的身体，成为其中一个组成部分了。埃斯，为什么是埃斯，埃斯，为什么偏偏是你。这个念头在我脑海中浮现了一遍又一遍。我想他的名字想得太多了，以至于到了后来，我都能见到这个名字的承载体了。他变成了液体，在黑夜中流淌，如放冷的糖浆一般流进了瓶型承载体中。最后，瓶子纹丝不动地立在那里，里面已经装满了。这一景象仿佛空荡荡的门框一样耐人寻味，却又毫无生机。然而，我很快又发觉，自己连那只瓶子叫什么都忘记了。我一直有这样一种想法，过去我是处子之身，我的身体完全是另外一种状态。如今我将埃斯的名字忘得一干二净，其实是因为眼下我已经分裂成了三个人，而非在我的想象中，我又恢复了处子身。我也会用同样的方式思索开什和特尔的名字，一直思索到这两个名字消失，形成了具体的形状。那时我会说，就这样吧，根本就不重要，别人爱叫他们什么就随便叫吧。

可拉翻来覆去地跟我说，我这个做人母亲的其实名不副实，每到这个时候，我便开始思索，语言是怎样幻化成了一根纤细的线，不费吹灰之力就飞上了天，与此同时，行动却伏在地上，拖着笨重的身躯爬行。正因为这样，这两根线之间的距离，随着时间的推移逐渐拉长，站在这条线上的人根本没办法跨上另外一条线。至于罪恶、爱与恐惧，仅仅是一些词语，说这些词语的人，却从未体验过罪恶、爱与恐惧，他们只是用它们来做替代品，替代那些他们不曾拥有的东西。等到他们将这些词语全都忘光时，他们也不会拥有这些东西。可拉便是其中之一，她甚至不大会煮饭。

可拉老是说我亏欠了别人，这些"别人"包括我的子女、埃斯，以及上帝。我并不想生儿育女，我的子女都是为埃斯生的。埃斯原本可以将不属于他本性的东西交给我，但我连这样的要求都没向他提过，因为这是我的义务，我已经做到了。我依旧是我自己，至于埃斯，我会把他变成他言语的承载体与回音。做到这一点，我已经超额满足了他的要求。如他这样一个人，用这样的态度对待语言，根本无法在坚持做自己的同时，提出更高的要求。

随后，他离开了人世，对此他自己却一无所知。我躺在他身旁，在黑夜中聆听暗黑色的土地描绘上帝的爱与美，还有罪，聆听自然界安静的声音，其中的言语便等同于行动，还有一些言语只是人类不曾拥有的空缺，就如过去那些叫人心生恐惧的黑夜，大雁的叫声冲破无尽的暗夜，像孤儿一样到处寻觅，其他人会指着人群中的两张面孔告诉他们，你们的父母就在那里。这些言语跟行动无法等同，却同样是我聆听的对象。

我的罪孽到底是什么，我想我已经找到答案了。我很确定，我之所以有罪，是因为我要对这些负责：其一是活在世上的人，其二是令人恐惧的鲜血。那些鲜红、痛楚的血液，热气腾腾地从土地上流过。我会很自然地想起我跟他在人前要穿的衣服，以及对我来说必不可少的谨慎，同样的，我也会很自然地想起罪孽，原因就是我跟他分别是两个独立的个体。为了赎罪，上帝又创造出了这样的罪孽，并将他变成了供自己利用的工具，从而使这种罪孽变得愈发深重。我会在树林中等待他何时能见到我，这段时间，他在我的想象中是一个将罪孽当成衣服穿上身的人。我觉得在他的想象中，我也是这样一个人。他这身罪孽的服装是用法衣换来的，因此他看起来要比我好看。在我的想象中，罪恶一直都是件外套。我们一定要将这件外套脱掉，为了令人恐惧的血液拥有具体的形状，来迫使它对已经死去的却仍在高空中飘荡的悲凉的言语回音做出回应。在此之后，我仍会跟埃斯同床共枕，但我的心却在聆听暗黑色的土地，它在用一种悄无声息的语言倾诉。我只是回绝了他的请求，就像开什和特尔到了该断奶时，我便不再给他们吃奶一样，我并没有说谎话欺骗他。

我并未欺瞒别人，也没想过要让哪个人上当受骗。我并不在意这些。我只是为了他，才会表现得如此小心翼翼，而非为了维护自己的安全。我这样小心，其实就跟我在人前穿着衣服没什么区别。在跟可拉对话时，我一直有这样一种感觉：那些语言那么大声，那么僵硬，那些毫无生机的声音在达到某一程度时，已经失去了所有意义。

跟着，所有事情都已成为了过去，意思就是他离开了。这件事
我很清楚。我偶尔还是会看见他，但是已经不会再看到他在不为人
知的时刻步履匆匆走向我了，他好像把那件罪孽的外套当成了一件
好看的长袍，穿在了身上，没过多久，长袍就被风吹起来了，那是
他行动的隐秘与迅即造就的结果。

不过，这件事并未就此完结。因为对我而言，那段时期的所有
事物都是无始无终的，所以这里所说的"完结"，是指那种有始有
终的"完结"。更有甚者，我还要求埃斯禁欲，禁欲的目标是仿佛
我们两个从未有过房事，而非只是停止现在的房事。我的子女属于
我一个人，属于那在大地上奔涌的热血，属于我跟世间一切在生的
人。跟着，我发觉我又怀孕了，这次是朱埃尔。在他离开两个月后，
我才恢复了神志，了解到这件事。

父亲曾说，为永恒的死亡做准备，便是人活下去的唯一理由。
这话是什么意思，我总算明白了，同时我也明白了，他那时根本无
法了解自己说的这句话是什么意思，毕竟男人是不会了解事后要把
屋里清扫干净的。如此说来，我已将我的房屋清扫干净了。我拥有
了朱埃尔，我撑住自己的脑袋，躺在灯光里望着他，他在还没开始
呼吸时，就将那里包扎并缝合了。奔涌的血流已经离去，巨大的响
声也已归于沉静。如今，奶水便是我仅余的东西，周围那么温暖，
那么平和，在这份安宁中，我静静地躺着，做好准备，要将我的房
屋清扫干净。

我将朱埃尔从埃斯身边夺走了，为了独自拥有朱埃尔，我又为
埃斯生育了德威·特尔，然后是瓦塔曼，以此作为对他的补偿。如
今他已经拥有了三个孩子，他们是他的，而非我的。做到了这些，

我已死而无憾了。

有一回，我跟可拉在一起聊天。她觉得我根本不在乎自己的罪孽，便开始为我祈祷，并要求我跟她一起跪下来，向上帝做祷告。在那些将罪孽视作语言问题的人看来，只要用语言便能获得救赎。

惠特菲尔德

那天晚上，他们跟我说，她就快死了。那一整夜，我都在跟撒旦搏斗，并最终击败了撒旦。我惊醒过来，摆脱了我那深重的罪孽，看见了真正的光明。我跪下去，向上帝忏悔我的罪孽，恳请他给我指引，我如愿以偿，开始按照他的指引做事。他告诉我："起身吧，他们遭受了损失，你要给他们补偿。你将谎言的种子撒播在了那一家人身上，在跟他们相处时，你违背了我的教义。忏悔你的罪孽吧，提高你忏悔的声音。要来宽恕你的人不是我，而是那一家的丈夫，那个被骗的人。"

于是，我便过去了。听人家说，塔尔那座桥被冲走了。我说："上帝啊，多谢您，万能的上帝啊，多谢您。"我能看得出来，他并未放弃我，要不然他不会制造这些危险难关来考验我。这些考验将使我回归他的怀抱，重获圣洁的宁和与爱，变得愈发甘甜。我祈祷说："恳请您庇佑我可以安然通过考验，获得那个被我欺骗的男人的宽恕。请让我快些抵达那里，我与她的那段婚外恋情要通过我的嘴巴说出来，而不是她的。那时候，她曾经立下誓言，无论如何都不把这件事告诉任何人，但劫难实在太令人恐惧了，就算是我，也才跟撒旦进行了一场艰苦的近身搏斗，不是吗？不要让她背弃自己的承诺，这将会增加我的罪孽。在您用神圣的怒火围攻我之前，请先准许我对着那些被我伤过的人洗净我的灵魂吧。"

我能在洪水中安然无事，全靠上帝的庇佑。在那样的环境中，我是如此微不足道，那么多木头和大树冲向我，惊扰了我的马，吓得我心跳加速，但我的灵魂却坚定如一。我看到那些木头和大树接二连三地在打到我身上的前一个瞬间转了向。在这样的情况下，我压过巨大的水声，高声说道："万能的上帝啊，我赞美您！我确信，我一定能将自己的灵魂清洗干净，然后再度走进您那圣洁、无边的爱之圈。"

那时候我就了解到，上帝已经宽恕了我的罪孽。我摆脱了洪水的威胁，转危为安。等我骑在马上，再次踏上坚固的土地时，我开始在心中思索一会儿该说些什么，因为属于我的客西马尼①一幕眼看就要出现了。我要走进那座房子，在她开口之前就将她拦阻下来，然后跟她的丈夫说："我犯了罪，埃斯，你可以随意处置我。"

我感觉整件事似乎已经结束了。我的灵魂享受到了多年未曾享受过的自由与宁静。在骑马前行的过程中，那份悠长的宁静好像重新包围了我。在我的视线范围内，上帝之手无处不在。我能听到他的声音在我心中响起："我会陪伴在你身边，你要拿出勇气来。"

然后，我打塔尔家门前走过，他的小女儿出来叫我，跟我说她已经离开了人世。

上帝啊，我是个罪人。您对我如此仁慈，尽管您明知道我对这件事有多么后悔，我正打算对此事做出弥补。虽然在我思索该说些什么承认自己的罪孽时，上帝并不在我身边，但他很清楚我的这些

①耶稣在感受到痛苦时，曾在客西马尼向上帝祈祷。

话都是对埃斯说的，他愿意接受我对此事的想法。他动用自己的大智慧，让她将这个秘密带到了坟墓中。那时候，守在她床前的全都是她的亲人，他们对她没有任何怀疑。同一时间，我正在跟洪水对抗，利用上帝赐予我的神力。赞美您，以及您万能而圣洁的爱，赞美您。

我走进他们家。另外一个犯下罪孽的凡夫俗子正躺在这简陋的房屋中，她的灵魂即将遭受严厉的审判，这是她躲不开的宿命。希望她的遗体能得到永恒的安宁。

我说："让这家人享受到上帝的恩惠。"

特　尔

　　他骑马去了阿姆斯蒂家，然后又牵着阿姆斯蒂那两头骡子，骑马回来了。我们把车子套好，将开什放到安迪上头。他又吐了，当时我们正扶他躺下，幸好他反应快，马上伸出头去，吐到了车下。

　　弗龙说："他的肚子也受了伤。"

　　我说："那匹马可能踢到了他的肚子。开什，是不是？"

　　他想说什么，德威·特尔又帮他擦了擦嘴巴。

　　弗龙问："他说什么啦？"

　　德威·特尔问："开什，你说什么呢？"她俯身聆听了一下，说："他想要他的工具。"

　　弗龙将它们放到了大车里。为了让开什能看到它们，德威·特尔帮忙抬起了他的脑袋。

　　我们赶着车，继续前行。我跟德威·特尔坐在开什身旁扶着他。他骑马在前头开路。弗龙站在那里，瞧了我们一阵子，随后转过身去，走向那座桥。他走得相当谨慎，并开始甩那湿漉漉的衬衫袖子，瞧他那动作，不知道的人还以为他刚刚才弄湿了袖子。

　　走到门口时，他让马坐下来。阿姆斯蒂正在那里等我们。我们停车时，他也从马上下来了。我们一块儿抬着开什，从车上走到屋里。阿姆斯蒂太太已铺好了床，我们叫她跟德威·特尔一块儿把开什的衣服脱下来。

我们跟在爹身后，从屋里走出来，走到大车旁。他上车继续前行，我们在后面走路跟着，走到空地那边才停下来。阿姆斯蒂跟我们说："东西就放在那里吧，现在请你们到屋里去。"看来浑身湿透了也不是一点好处也没有。他在后头牵着马，手握缰绳，站在大车旁边。

爹说："多谢你，但我明白这会给你添很多麻烦，我们还是到那儿的车棚去吧。"

阿姆斯蒂说："请你们进屋吧。"

那种呆滞的表情又出现在他脸上，那种表情既鲁莽又凶狠，既热血又生硬，他的面孔和眼睛简直因此变了颜色，变成了两种木料的颜色，一种浅些，一种深些，但看起来都很不对劲儿。他的衬衫已经不再那么湿了，不过当他走路时，它还是紧紧地贴在他身上。

爹说："她会感激你的好意。"

我们把车从骡子身上卸下来，倒着推入了一侧敞开的车棚。

阿姆斯蒂说："在这里头虽然不会被雨淋到，但是只要你们愿意的话……"

有几片锈迹斑斑的铁板摆在车棚里面，我们把其中两片搬出来，挡在车棚的开口处。

阿姆斯蒂说："我很希望你们能到屋里休息。"

爹说："多谢你，你能给他们一点食物吃吗？"

阿姆斯蒂说："当然可以。茹拉会先安置好开什，叫他舒服地躺在那里，然后立即去做晚饭。"

他已返回了马身旁，正忙着卸马鞍。那件潮湿的衬衫在他行动时，还紧紧包裹在他身上。

爹不想进屋。

阿姆斯蒂说："饭就快好了，快过去吃吧。"

爹说："谢谢你，我不想吃东西。"

阿姆斯蒂说："你们都进来吧，烘干衣服，吃点饭。在我家里，你们随意些就好了。"

爹说："我吃东西全都是为了她，全都是为了她。我丢了我的骡子，丢了所有东西。但是你们每个人的恩情，她都会记在心上。"

阿姆斯蒂说："没错，你们全都进屋吧，把衣服烘干。"

阿姆斯蒂向爹敬了杯酒，爹感觉好了很多，但是他并没跟我们一块儿进屋。我们到屋里探望开什时，我回头见到他正牵着那匹马到谷仓那边去。他当时就说要再买两头骡子，等到吃晚饭时，他似乎已将这个想法付诸行动了。进入谷仓后，有一股螺旋状的强烈气流迎面而来，他动作轻快地从中穿过去，牵着马进了马厩。他爬上马槽，扯下一些干草，然后走出马厩，寻找马栉在哪里。找到以后，他又回来了。马凶狠地朝他踢了一脚，他敏捷地避开了，走到马身边去，这下马就踢不到他了。他拿着马栉，帮马梳理它的毛发。他在马蹄可及的范围内灵活地闪避着，活像个耍杂耍的。与此同时，他还在用亲热的粗话低声骂马。马忽然使劲向后甩了一下头，冲着他咧开了嘴。他便拿马栉背在马脸上敲了几下。黑暗中，只见马转动着自己的双眼，好似美丽的天鹅绒上滚动着两颗大理石做的弹珠。

阿姆斯蒂

　　我又给他倒了一些威士忌，当时晚餐已经快要准备好了，而他也已向某人买下了两头骡子，不过是暂时赊账。这会儿，他又开始挑剔起骡子的毛病来，说自己一点儿都不喜欢它们，它们对他来说根本一点用都没有，既然如此，他便不想再拿钱从某人那里买下它们了，就算只是一个鸡笼，他也不愿再买了。

　　我说："斯洛普斯有三四对骡子，你可以去他那里挑挑，能挑到合心意的也说不定。"

　　随后，他咕哝起来，并用一种很特别的眼神盯着我，仿佛我是县里仅有的一个拥有两头骡子的人，却不愿意将骡子卖给他。我到这时才醒悟过来，现在只能出动我自己的两头骡子，来帮助他们从这片空场中走出去了。但他们会如何对待这两头骡子呢？我真想不出来。听利德尔江说，哈利洼地那边有两英里的河岸都被冲垮了，要想去杰夫森，只能绕远路到穆德森去。当然，这是埃斯应该考虑的事。

　　他还在咕哝着："跟他做生意真不容易啊！"吃完晚饭后，我又帮他倒了杯酒，他变得兴奋了一些，准备返回谷仓，陪伴在她身边。说不定他觉得，自己若在那里待着，做好随时动身的准备，圣诞老人就会把两头骡子送来给他。他说："但是我想他应该会被我说服的。当其他人陷入困境时，他只要还有一丁点基督教徒的善心，就会出手相助。"

我说："那是自然的。如果你要用我的骡子，我也会很乐意的。"这句话里有几分真心几分假意，他很清楚。

他说："多谢，但是她只愿用我们自家的骡子。"这样的借口我自然不会相信，这一点他也完全明白。

吃完晚饭，朱埃尔骑着马去了法人湾，请彼保第过来。据我所知，今天他要上门拜访凡纳。午夜前后，朱埃尔回来了。彼保第去了英费勒斯南面的某地，但朱埃尔把贝利叔叔以及他那个医治骡子的皮包一起带回来了。贝利总是说，人和马、骡子归根结底没多少分别，只除了那些骡子的脑子略微清醒一些。他说："年轻人，这次你又遇到什么麻烦了？去拿一个垫子、一把椅子、一瓶威士忌给我。"

他叫开什把威士忌喝下去，然后赶埃斯出去。埃斯悲伤地感叹道："这次他摔断的那条腿就是去年夏天摔断的那条，这真是万幸，真是万幸。"他在咕哝的同时，不停地眨巴眼睛。

我们将开什的双腿用垫子包裹起来，然后在垫子上摆上那把椅子，我跟朱埃尔坐上椅子。德威·特尔负责掌灯，贝利叔叔在开工之前先往口中塞了些烟叶。开工以后，开什拼命挣扎起来，过了一会儿，他终于失去了意识，之后便一直躺在那里一声不吭。他的面颊上粘着很大颗的汗珠子，它们仿佛在流淌出来的瞬间便驻足在了原地，等候着他。

贝利叔叔带着他的东西回去之后，开什才苏醒过来，并老想说什么话。德威·特尔俯身帮他把嘴擦干净，说："他要自己的工具。"

特尔说："我把它们都带过来了。"

开什还有话要讲。她再次俯身，说："他想瞧瞧它们。"

特尔便将工具放到了他视线可及的范围内。为了让他在稍微好些时能伸手触摸一下那些工具，他们便将工具摆在了床底下。

第二天清晨，埃斯去法人湾拜访斯洛普斯，他选择的交通工具就是那匹马。他跟朱埃尔在空场那边站了一阵子，说了些什么话。随后，埃斯便上马离开了。我猜想，朱埃尔此前从没让其他人骑过他的马。埃斯归来前，他一直盯着那条路走来走去，看上去很气愤，好像在犹豫着是否要去追埃斯，不让他骑自己的马了。

将近九点时，天气开始变热了。随即有一只秃鹰出现在我的视线范围内。我心想，可能是因为发洪水的原因吧。简而言之，它们现身是在白天发生的事。它们之所以白天出现在这里，多亏了那阵轻风，将房屋四周弥漫的那种味道都吹散了。不过，在见到它们以后，我单是通过它们就能联想到，那种味道可能已经传到一英里开外的原野中去了。它们在空中飞舞盘旋着，盘旋了一周又一周。我的谷仓中放了些什么，县里所有人都能猜想得到。

我走出家门，才走了半英里多一丁点，那个小家伙就开始大叫起来，叫声一直传到我的耳朵里。我赶紧策马赶到空场那边，生怕他已经掉进了井里，或是出了别的什么意外。

总共有十几只秃鹰落在了谷仓顶上。那小家伙正在空场上驱逐另外一只秃鹰，就像驱逐一只火鸡一样。为了摆脱他，秃鹰飞到了几步开外的地方，跟着又振翅飞上了车棚顶。片刻之前，这只秃鹰落到了棺材上，被小家伙发现了。气温的确升高了，风也停下来了，也可能是风向改变了，或是出了别的状况。

我去找朱埃尔，结果见到茹拉走出来了。她说："这真是太过分了，你必须要想想办法。"

我说："我正想着呢。"

茹拉说："他怎么可以这样对她，真是太过分了，他这是犯罪。"

我说："他只是在努力让她早点入土为安。"

我找着了朱埃尔，询问他是否愿意骑上一头骡子去法人湾找埃斯，搞清楚他那边出了什么状况。但他只是看着我，一言不发。他的下巴和眼睛都变得一片苍白，随后他便走开了，口中呼唤着特尔的名字。

我问他："你有什么计划吗？"

他没说话。特尔走出来，朱埃尔叫他："到这边来。"

特尔问："你要做什么？"

朱埃尔回头说道："去把大车弄出来。"

我说："不要做这种傻事，我不是这个意思。要是有别的法子的话，你们也不用这样了。"

特尔迟疑着，但朱埃尔却已下定决心，他说："得啦，说这些没用的做什么。"

特尔说："好歹要找个地方安置不是吗？等爹回来以后，我们马上搬出去。"

朱埃尔说："你不就是不愿意帮我的忙吗？"他翻着白眼球，就像在吐火一样。他的面颊不停地哆嗦，好像生了疟疾。

特尔说："对，我不愿意帮你的忙。我们先等爹回来，然后再做打算。"

于是，我就在门口站着，看他挪动那辆大车。大车停在一个斜坡上，他将它又是推又是拉，有那么一会儿，我甚至觉得他准备把车棚后面那道墙撞个大窟窿。就在这时，响起了一阵铃声，是叫我们去吃午饭呢。我叫他，他连头都不回。我跟他说："一起去吃午饭吧，叫上你弟弟。"但他就像听不到一样，我只能自己过去吃饭了。那个女孩走过去叫那个小家伙，但是没有用。午饭吃了一半的时候，我们又听到了他的叫声，他跑到那地方大声叫嚷，想赶走那些秃鹰。

茹拉说："简直太过分了，太过分了。"

我说："埃斯已经不遗余力了，只用半个小时就想说服斯洛普斯根本是不可能的。他们肯定要在树荫下面待一下午，你来我往，争个不亦乐乎。"

茹拉说："不遗余力？不遗余力？他如何不遗余力，没有人了解。"

我暗自猜想，这应该就是他现在的实际状况。真正的问题是，这件事他不去做，就只能由我们代他去做了。不管他想从什么人那里买两头骡子，都必须要有抵押的财物，买斯洛普斯的骡子就更是如此，但现在他已经不知道自己还有什么财物没抵押出去了。我到农田里瞧着我那两头骡子，其实当时我就已经在和它们道别了，虽然只是暂时性的。黄昏时分，我回到家里。这一整天，车棚都在阳光下曝晒。我觉得，我是不会后悔做出这个决定的。

所有人都在走廊上，我也从屋里出去，来到走廊上。就在这时，埃斯骑马归来了。跟平时相比，他愈发显得胆怯，但同时又有些得意，好像他做了一件自认为赚便宜的事，却不确定其他人对此有什么看法。他那副模样实在有些可笑。

他说："我买了两头骡子。"

我问他："是斯洛普斯卖给你的？"

他说："我想这附近不会只有斯洛普斯一个人做这种买卖吧。"

我说："你说得没错。"

他瞧着朱埃尔，神色显得很怪异。朱埃尔走出走廊，走向了他的马。我猜，他是想去瞧瞧埃斯把他的马折腾成什么模样了。

埃斯叫他："朱埃尔。"

他回头瞧着他。

埃斯说："过来一下。"

朱埃尔往他那边走了两步，然后又停下来，问："你想干什么？"

我说："如此说来，你是从斯洛普斯手里买了两头骡子，他是不是今晚就会把它们送过来？你们明天启程，一定要很早起床，毕竟你们可是要绕到穆德森那边去呢。"

这会儿，他的神情跟刚才完全不一样了，又变成了那副总受欺负的模样，嘴里也开始嘟囔起来，这就是他平时的状态。

他说："我可真是拼尽全力了，上天可以帮我作证，全世界吃苦最多、受气最多的人非我莫属。"

我说："你应该感觉很爽才对啊，斯洛普斯的便宜都被你赚到了。埃斯，你究竟拿了什么东西给他作抵押？"

他说："我把我的耕种机和播种机这两样动产都抵押给他了。"说这话时，他并没朝我这边看。

"但那两样东西加在一起也不值四十块啊。如果你有两头骡子，价值四十块，别人给你什么你才愿意跟人交换呢？"

其他人这会儿也都在安静地瞧着他，同时身体纹丝不动。朱埃尔原本打算走到马身边去，结果却在半路停了下来。

埃斯说："还有其他东西。"他的嘴巴又开始咕哝了。他站在那儿，像在等某个人来打他，并且他已经下定决心不还手，由得对方打。

特尔问："其他东西是什么东西？"

我说："别这样了，我把我的骡子借给你，等你用完了再还回来。至于我这边，总能想到法子应付过去的。"

特尔说："怪不得昨晚你在那里翻开什的衣服。"他说话的语气就像在照着报纸朗读一样，似乎他已经置身事外，什么事儿都不管了。

眼下，朱埃尔已经回到这边来了。他站在那里盯着埃斯，双眼依旧好似大理石做的弹珠一样。

特尔说："那些钱开什另有用处，他准备从苏拉特手里买一台留声机。"

埃斯嘴里嘟囔着，站在那儿没动。朱埃尔目不转睛地瞪了他很久。

特尔说："但那只有八块钱，就算多了这些钱，也不够买两头骡子。"说这话时，他的语气依旧像个事不关己的局外人。

埃斯迅速朝朱埃尔瞥了一眼，然后扫视了一下旁边，旋即又垂低了双眼。他说："苍天作证，我真是世间最倒霉的人啊。"大家还是只盯着他不说话，等他继续往下说。他看着大家的脚，视线最高到达了大家的腿，然后便停滞了。他说："马也被我抵押出去了。"

朱埃尔问："你说哪匹马？"

埃斯还是站在原地没反应。人如果管不了自己的儿子，不管儿子们多大了，他都应当赶他们回家，要不然他他自己就该回家，这么一点小事都做不到，他还待在外头做什么呢？如果是我，我肯定会这么做的。

朱埃尔问："你要把我那匹马抵押出去，是这样吧？"

埃斯晃动着两条手臂站在那儿，说："上帝了解，我的牙齿早在十五年前就掉光了。上帝了解，这十五年，我从来都没好好吃过粮食，要知道，人的力气可都是靠吃粮食得来的。为了让我们一家人都能吃饱饭，为了让我有钱安一副假牙，吃上帝要求我们吃的食物，我省了又省。这一次，我甚至拿出了安假牙的钱。我想，我连粮食都可以不吃，那我儿子不骑马，也应该可以吧。我受了多大的折磨，上帝可都看得一清二楚呢。"

朱埃尔盯着埃斯，同时用两只手贴着大腿。然后，他转移了自己的视线，从原野上横穿过去。他脸上一点表情都没有，就像一块石头一样，似乎他并不了解那些究竟是什么人，他们又在讨论谁的马，他们说的那些话，他根本没打算去留意。随后，他缓缓吐出一口唾沫，骂道："该死的！"接下来，他扭身来到院子的大门旁边，将马缰绳解下来，然后纵身跃到了马背上。马在他还没坐到马鞍上时已经开始行动，等到他坐上去以后，一人一马就像遭遇了追兵一样，在大道上疾奔起来。很快，他们就像旋风一样跑得无影无踪了。

我说："哎，你大可以拿我那两头去用啊。"但是他不愿意。他们都想离开这里。其他几个孩子都有些发狂了，那小家伙也跟他们没多大分别，一天到晚顶着大太阳驱逐秃鹰。

我跟他们说："最低限度，开什也应该留下来啊。"他们连这都不答应。他们在棺材盖上面铺了被子，然后让开什躺在那里，至于他那些工具，全都被他们摆在了他身旁。他们跟我一块儿，把我那两头骡子套到大车上，然后在路上赶了差不多一英里的路。

埃斯说："如果我们待在这里给你造成了不便，那你不要顾虑，直接告诉我们就是。"

我说："我会的。你们待在这地方蛮不错的，也不会遇到什么危险。好了，该吃晚饭了，我们回去吧。"

埃斯说："多谢你，我们自己应付一餐就行了，我们的篮子里还有一些食物。"

我问他："这些食物是哪来的？"

"从家里带出来的。"

我说："已经这么长时间了，肯定已经变味了。你们还是到我家里来，吃些刚出锅的饭菜吧。"

但他们不愿接受我的邀请。埃斯说："我觉得我们能应付这一餐。"我只能回了家，吃完饭后又带了一篮子食物给他们送去，并试图说服他们回去，待在屋里。

埃斯说："多谢你，但我觉得我们在这里挺好的。"我只好不再干涉他们。他们在小小的一堆篝火旁边围拢着，蹲在地上等待着什么，但具体是什么，只有上帝才知道。

我走回了家，一路上，他们在那里蹲着的那一幕，一直逗留在我的脑海中，同时我还想到了那个年轻人骑着马冲到外面的情景。从今往后，他们肯定再也见不到他了。当然，我还没有傻到想指责他的地步。我想得更多的是他终于想到办法，不再被埃斯这个愚蠢透顶的家伙束缚了，而不是他不愿意把自己的马交出去那件事。

那时候，我想的应该就是这些吧。毕竟对着埃斯这种人，你一点意见都没有是不可能的。他老是让你觉得不能不对他做点事，哪怕你在做完之后马上气得要命，恨不能一脚踹到自己身上。

第二天早餐过后大约一个小时左右，尤斯特斯·格瑞姆——斯洛普斯的帮工便过来找埃斯了，他还把两头骡子也带来了。

我说："我还以为这笔生意泡汤了呢。"

尤斯特斯说："怎么可能泡汤了？那匹马把他们全都打动了。这两头骡子只要对方肯出五十块钱，斯洛普斯先生就肯卖，我先前就这么说过。要不是他叔叔弗莱姆当年从得克萨斯州搞来的那些马已经卖光了，那埃斯无论如何都不能——"

我说："那匹马？昨晚埃斯的儿子已经骑着它跑了，眼下他们可能已经快要抵达得克萨斯州了，但埃斯——"

尤斯特斯说："谁把那匹马送到我们那儿的，我可不清楚，送马的人我没看到。不过，我今早去谷仓喂骡子时看见了它。我跟斯洛普斯先生说了这件事，然后他就让我送这两头骡子来这里了。"

我已经完全确定，他们再也不会见到朱埃尔了。我猜想，在圣诞节到来之前，他们会收到他从得克萨斯州寄来的明信片也说不定。如果出走的不是朱埃尔，那就应该是我了。我欠他的人情债似乎永远都偿还不清了。埃斯实在太能支使别人帮他做事了。朱埃尔肯定是个了不起的年轻人，否则像我这样的人简直可以马上去死了。

瓦塔曼

眼下总共有七只秃鹰在高空盘旋，形成了一个又一个黑色的圆圈。

我说："哎，特尔，你看没看见？"

他昂起头来。那些黑色的小圆圈停留在高空中，在我们的注视下就像静止了一样。

我说："昨天只有四只秃鹰。"实际上，昨天不止有四只秃鹰出现在谷仓上。

我说："你知道我会怎么对付那些想停到大车上的秃鹰吗？"

特尔问："怎么对付？"

我说："有我在，它休想落到她或是开什身上。"

开什生病了，病快快地在棺材上躺着。但是妈已经成了一条鱼。

爹说："等抵达穆德森以后，我们必须要买些药才行，我们必须得这么做。"

特尔问："开什，你还好吗？"

开什答道："还好。"

特尔又问："我帮你把腿再抬高一点，好吗？"

开什摔断了腿，这已经是第二回了。他枕着一条卷起来的被子，在棺材上躺着，膝盖下面还垫了块木头。

爹说："我觉得我们不应该把他从阿姆斯蒂家带出来。"

我没摔断过腿，爹也没摔断过，特尔也没摔断过。

开什说："就是有些地方肿了而已。那些肿了的地方，晃晃荡荡都聚集到一个地方了。没事的。"

朱埃尔离开了，他是晚饭时离开的，骑着他那匹马。

爹说："要不是她不想我们欠下人情，我们也不会弄成这样。我可真是拼尽全力了，上帝可以帮我作证，谁都做不到像我这样。"

我问："特尔，是不是因为这样，朱埃尔其实是一匹马生的？"

特尔说："我应该能把绳子绑得更紧一点。"

我和德威·特尔都没有摔断腿。开什是我哥哥。

她在大车里待着，我跟朱埃尔却在车棚里待着，同时我还不得不来来回回很多次，去赶走那些秃鹰。

开什说："你要是想这么干的话，就把它拉紧吧。"

等特尔把绳子松开时，开什疼得龇牙咧嘴，汗也冒出来了。

特尔问他："是不是觉得疼？"

开什说："你还是把绳子绑回去吧。"

特尔照着做了，并用了很大的力气，将绳子绑得很紧。开什又开始龇牙咧嘴。

特尔问他："疼不疼？"

他说："还好。"

特尔问："要不要叫爹把车赶得慢一点？"

开什说："还是不要了，我们时间不多，不能再耽误下去了。我还是挺走运的，伤得不算严重。"

爹说："依我看，等到了穆德森，我们必须要买点药才行，必须要买点药才行。"

开什说:"让他快点走。"

我们继续赶我们的路。德威·特尔想帮开什擦脸,便朝后头靠过来。开什是我哥哥。朱埃尔的妈是马,我的妈是鱼。特尔说过,下次我们到河边时,就能看见她了。但是她要怎么出来见我呢?德威·特尔这样问,她不是装在一个木头做的箱子里吗?我说,我在那个箱子上打了洞,她可以从洞里钻出来,游到水里,跟我见面。那不是我妈的味道,她没有待在那个木头做的箱子里,她是一条鱼。

特尔说:"这些蛋糕不等我们赶到杰夫森就会变坏了。"

德威·特尔听到这话,却连头都没回。

特尔建议说:"你还是想想办法,在穆德森就卖掉它们。"

我问:"特尔,我们什么时候才能到达穆德森呢?"

特尔回答道:"要是这两头骡子没在路上颠簸坏了的话,我们明天就能到了。它们在斯洛普斯那里肯定整天吃锯木屑。"

我问:"特尔,那个人为什么要这样对他的骡子呢?"

特尔说:"看啊,看没看到?"

眼下高空中总共出现了九只秃鹰,它们飞舞盘旋,形成了一些小黑圈。

来到山脚下时,爹让车停下来,我和特尔、德威·特尔下车。开什摔断了腿,所以他走不了路了。爹叫起来:"破骡子,你们这是要去哪儿?"两头骡子用尽全身的力气拉着大车,车身发出一阵乱七八糟的响声。我和特尔、德威·特尔走在车后头,一直走到了山顶。然后,爹让车停下来,让我们上了车。

眼下高空中总共出现了十只秃鹰,它们飞舞盘旋,形成了一些小黑圈。

穆斯里

她在橱窗外头站着，正在朝里张望，我抬头的时候刚好看见这一幕。她跟橱窗玻璃保持了一段距离，而且她也没特意去看某样东西。她只是面朝这边站着，与我四目相对。不过，她似乎只是在等人给她发讯号，她的双眼根本没看到任何东西。当我再度抬头，朝她那边看过去时，她已经走向了商店大门那边。

走到纱门那边时，她跟其他乡下人一样，被绊了一下，跟着她便进来了。她头上戴着一顶硬边草帽，戴得十分端正，手里拿着一包东西，还用报纸包裹着。我敢肯定，她只带了两毛五分钱，就算比这多的话，也不会超过一块钱。我并不想去打搅她，哪怕只是打搅一分钟。因为我觉得，她在这里逛完一圈后，会买一把廉价的梳子或一瓶黑人才用的花露水也是说不定的。我留意到一点，她虽然神情黯然，笨手笨脚，但样貌很不错。当她买下自己最终想买的东西，或者说出自己想买的东西时，她的模样必然要逊色过眼下这种身穿格子布裙，不化妆的样子。她在走进商店大门前，就已经确定自己想买什么了，这一点我很清楚。但是像她这样的人是不会马上买的，你要给她们充足的时间。于是，我并没有立即放下手头的活去招呼她。我想叫阿伯特去招呼她，但前提是他要先弄好冷饮储藏柜上的水龙头。正这样想着，就见阿伯特走过来了。

他跟我说："你去瞧瞧那姑娘想买些什么。"

我问："她想买些什么？"

"我也不清楚，她不肯告诉我。不如你去招呼她吧。"

我从柜台走出去，走到她身边。我看到她光脚踩在地板上，似乎她早已习惯了这样，脚趾分开，非常自然。她目不转睛地看着我，怀里抱着那个纸包。我发现她的眼睛是黑色的，我从没见过这么黑的眼睛。在我的印象中，她从没在穆德森出现过，她是从外地过来的。我问她："你想买什么东西？"

她还是一言不发，只是目不转睛地望着我。随后，她回头朝冷饮储藏柜的水龙头那边望过去，望着待在那儿的顾客。接下来，她的视线又越过我，落进了商店最里头。

我问："你是想买化妆品，还是想买药？"

她说："没错。"她再度扭回头去，迅速瞥了瞥冷饮储藏柜那边的水龙头。于是我推测，她这样羞于开口，可能是因为过来帮妈妈，或其他什么人买治疗月经病的药。她的面色红扑扑的，应该用不着这种药，而且她还这么小，能知道这种药是治什么的就已经很不错了。这些乡下妇女真是太过分了。但是既然选择了在这种地方开店，不卖这种药药店就没法维持下去。

我问她："哎，你要买治哪种病的药？我们这儿卖——"

她用眼神示意我不要再说下去。随后，她再度望向商店最里头，说："我想去里头。"

我说："没问题。"你要是不想浪费更多时间的话，一定要照她们说的做。她走到商店里头，我尾随其后。她伸出手来，按住房门。

我问："你想买什么呢？这里头什么都没有，只有处方柜。"

她驻足在原地瞧着我，似乎已经摘除了自己面庞、眼睛前面的保护罩。她的双眼有些木木呆呆的，同时又在期盼着什么，并等候着某种答案，那种不合她心意的答案让她有些忧郁。总之一句话，我能看得出，她是遭遇了某种麻烦。

我问他："你是有哪里不舒服吗？我很忙，你想要什么就直说吧。"我并不是想催她，但是跟乡下人比起来，城里人总是要忙一些的。

她说："是妇科病。"

我说："就是这样吗？"我心想，她的实际年龄可能比她的外表更小，她刚刚经历了初潮，吓得够呛，当然也可能是月经不调。对于她们这种小女孩来说，这些都是很常见的。我问她："你母亲也来了吗？你应该有母亲吧？"

她答道："外头停了一辆大车，她就在车上。"

我说："为什么你在心急买药之前不先问问她的意见呢？这件事你该如何应对，所有成年女性都能给你解答。"她还在目不转睛地看着我。我重新审视了一下她，问："你几岁了？"

她说："十七岁。"

我说："十七岁了，我以为你说不定……"

她又开始目不转睛地看着我。单是看她们的眼神，你根本分辨不出她们的年龄，但这世上却没有她们不知道的事。

我问她："你的月经是很准时，还是不准时？"

她没有动弹，但是目光却从我身上移开了。她回答道："没错，没错，我想是这样的。"

我问她："究竟是哪种问题，你自己也不清楚吗？"把药卖给她真跟犯罪没什么分别，还叫人颜面尽失。但是就算我不卖给她们，别人也会卖给她们的。她站在那儿不看我。

我问她："你是不是想买一种能让月经停止的药？"

她说："不是，它已经停止了。"

"那你想买的是什么药？"

她略微拉下脸来，这种姑娘总是用这种表情面对男人，让人猜不出哪里会出现闪电。

我问她："你应该还没嫁人吧？"

"没。"

"它是什么时候停下来的？五个月前？"

她说："两个月前而已。"

我说："你想买的东西，我们这里没有。但要是你想买奶嘴的话，我倒是能卖给你。我建议你买个奶嘴回去，如果你父亲还在世的话，就把这件事告诉他，叫他想方设法逼那个男人拿出钱来，把你娶回家去。你想说的都已经说完了吧？"

但她连看都不看我，只是在原地站着。

她说："钱我有，我会付钱给你的。"

"这钱是你自己出的，还是那个男人给你的？要是他给的，那他倒还算是个男人。"

"他给的。他给了我十块钱，说应该够买那样东西的。"

我说："在我这家店里，不管你是有一毛钱还是一千块钱，我都不会卖给你的。听我的话，回家去吧，把这件事跟你父亲或者你哥哥说，要是你有哥哥的话。如若不然，你就跟你回家路上遇到的第一个男人说。"

　　她还是没动，她说："勒夫告诉我，那样东西我可以在药店里买到。他还让我跟你说，我们一定不会告诉别人，你把那样东西卖给了我们。"

　　"我倒是盼望着，真心盼望着，你那亲爱的勒夫会亲自过来买那样东西。他现在正在做什么，我可说不准。如果他能亲自过来，我真会敬佩他的。但不是我夸大其词，眼下他说不定真的已经动身去得克萨斯州了。我作为一名药剂师，在社会上还有些声望，我经营着这家药店，维持着一家人的生计。我已经五十六岁了，这么多年来，我一直是一名虔诚的基督教徒。如果我能打探出你的父母是谁的话，我真希望能亲自过去把这件事告诉他们。"

　　她再次看向我，眼神和面部表情一片空洞，跟我第一次透过橱窗看见她时没什么两样。她说："我能在药店里买到那样东西，这是他跟我说的，我原本并不知道这件事。他还跟我说，店里的人说不定不想卖给我，但如果我愿意出十块钱，并向他们保证我肯定不会对外人泄露半句的话……"

　　我说："他说的药店肯定不是指我这一家。如果他指名道姓说是我的话，他可要拿出相关证据来，否则我不会放过他的。你可以照着我这句原话跟他说，要是他敢把他说过的那些话重复一遍，那我一定要把他告上法庭。"

　　她说："其他药店可能愿意卖给我。"

　　"这种事我可没兴趣知道。来找我买那种药，简直太——"说到这里，我朝她看了一眼。不过，乡下人过得确实很艰难，乡下男人有时……若是犯罪也能找理由开脱的话。但犯罪就是犯罪，任何理由都是借口。但是生活实在乏味得很，一辈子规行矩步，等待百年归老，那还活着干吗？

我说："听我说，忘掉这个计划吧。上帝将那样东西赐给了你，虽然某些时候，直接赐予者不是上帝，而是魔鬼。当然，要是上帝想再收回去的话，你也无法反对。现在你回去吧，去找勒夫，用他给你的十块钱跟他结婚。"

她说："勒夫说过，我能在药店买到那种药。"

我说："在我的药店里，你是买不到那种药的。你要想买，只能到别的药店去。"

于是，她将那个纸包夹在腋下，离开了这里。她的脚跟地板摩擦，发出了轻微的响声。出门时，她又跟门发生了碰撞。透过橱窗玻璃，我能见到她走向了街心那边。

其余那些事，我是从阿伯特那里听来的。他告诉我，那辆大车在格伦梅特五金铺的店门前停了下来，女人们在从旁边经过时，全都拿出手帕，捂住了鼻子。至于那些男人和男孩，他们都是臭不怕的人，围在大车周围，看警察局局长和那个男人争执。那个男人长得又高又瘦，他在大车上头坐着，说其他人有权待在这里，他也有权待在这里，毕竟这条路是公共的。局长却说，大伙儿都受不了他车上的味道，他一定要把车赶到别处去。阿伯特说，车上有具死尸，已经死了八天了。这帮从约科勒帕达法县某处过来的家伙，要带着这具死尸去杰夫森埋葬。那样的情景肯定跟把一块臭掉的干奶酪搬到蚂蚁窝里没多大区别。阿伯特还说，大家都在担心，他们那辆不住摇晃的大车，可能等不到离开我们的镇子就已经散架了。车上还有一口箱子，是他们自己做的。有个摔断了一条腿的男人躺在箱子上，身下垫着一条被子。大车的前座上坐着他们的父亲和一个小男孩。警察局局长正在想办法叫他们赶紧离开这里。

那人说："这条道路是公用的，其他人有权在这里停下来买东西，我们也是一样。我们有钱，我们愿意把钱花出去，你们却不允许，世间竟有这样的法律？"

他们是为了买水泥才停车的。他们家的另一个儿子正在格伦梅特的五金店里，他想买一毛钱的水泥，便叫格伦梅特把一袋水泥拆开。为了让他快些离开这里，格伦梅特最终只能拆开一袋水泥。他们买水泥，是为了把那个男人断掉的一条腿固定起来，但是具体怎么固定，大家并不清楚。

警察局局长说："哼，你们这样做，会把他那一整条腿都弄坏的，你们是不是想让他死啊？你们还是抓紧时间送他去看大夫吧。那样东西你们也要快点埋起来。损害公众健康是要蹲大牢的，这件事难道你们不清楚吗？"

父亲说："我们也在想办法啊。"随后，他又啰啰唆唆说了很多：他们如何等这辆大车回去，洪水冲垮了那座桥，他们只能走另外一座桥，为此他们绕了八英里的远路，结果发现那座桥也被冲走了，他们只能返回原处，下水通过浅滩走到河对岸去。他们的骡子因此淹死在河中，他们没办法，只能又买了两头骡子。然后，他们再次发现，大水淹没了道路。他们只好又绕了远路，来到穆德森。这时候，他那个去买水泥的儿子回来了，叫他别再说下去了。

那个儿子跟警察局局长说："我们现在就离开这里。"

父亲说："我们并没有打算要跟谁对着干。"

警察局局长对那个买水泥的儿子说："你们赶紧带那个年轻人去看大夫。"

他却说："我觉得他没什么大碍。"

警察局局长说："我们并非不讲情面的人，但我认为你们的情况，你们应该了解得很清楚。"

那个年轻人说："那是自然的。德威·特尔去送包裹了，等她一回来，我们马上离开这里。"

他们继续在原地站着，围观者捂住鼻子，纷纷后退。片刻过后，那姑娘回来了，腋下夹着一个包着报纸的包裹。

拿水泥的年轻人对她说："抓紧时间，我们浪费的时间已经够多了。"他们上了大车，继续前行。但那种气味却留下来了，直到吃晚饭时，我似乎还能闻到。

第二天，我跟警察局局长见了面。我吸了一口气，问他："有没有闻到什么味儿？"

他说："我猜现在他们已经抵达杰夫森了。"

"如若不然，就是已经蹲在大牢里了。还好不是蹲在我们镇的大牢里，哼。"

他说："的确如此。"

特 尔

爹说："有一户人家住在这里。"他让骡子停下来，然后坐在那儿，把那座房子好好瞧了一遍，说："我们去他们家讨点水吧。"

我说："行啊，德威·特尔，你还要问他们借个水桶。"

爹说："我最不愿欠人情债了，这一点上帝最清楚，他最清楚。"

我说："如果你发现了装罐头的空罐子，大小又刚刚好的话，就直接拿到这里来吧。"德威·特尔从车上爬下去，并随身带着那个纸包。我说："你怎么会碰到那么多麻烦事儿呢？你不过是想在穆德森镇上把那些蛋糕卖出去罢了。"我们这些人的生命为什么会悄无声息地变成这样一种状态：没有风，没有声音，不断重复的倦态，虚无的手弹拨着虚无的琴弦，发出古老的乐声，并产生了回音。夕阳坠落的时候，我们的状态凝固了：盛怒，仿佛已经死去、身体僵硬的玩具公仔。开什把自己的腿摔断了，从中流淌出了锯木屑。开什，他正血流不止，他会因此死掉的。

爹说："没人比上帝更了解，我有多么不愿欠人情债了。"

我说："既然这样，你就拿着开什的帽子，自己去找水吧。"

那一家的男主人，在德威·特尔返回时跟她一块儿回来了。随后，他在原地驻足，没有随她继续前行。片刻过后，他返回屋前，站在走廊上朝我们这边张望。

爹说："我们就在这里帮他治伤吧，别把他抬下来了。"

我问："开什，你愿意让我们把你抬下来吗？"

他说："明天我们就到杰夫森了，对不对？"他用疑惑而哀伤的眼神专注地看着我们，说："我能支撑到那时候。"

爹说："我们帮你弄得好一点，你的腿就不用碰来碰去了，那样你就不这么难受了。"

开什说："这样会耽误时间的，我能支撑得住。"

爹说："我们连水泥都买了。"

开什说："只是再等一天而已，不是吗？我撑得住，没事的。"他用疑惑的眼神看着我们。那双眼睛被他那张又黑又瘦的脸反衬得非常大。他说："我的腿已经愈合了一点了。"

爹说："既然水泥已经买了。"

我开始和水泥，容器就是一只空罐头罐子。水被缓慢地倒进罐子里，我将它和浓稠的灰色水泥搅拌均匀。为了让开什能看到这一幕，我特意将罐子弄到了大车边上。开什平躺在车上，给我一个单薄的侧影，天空将那个侧影映衬得苦大仇深的。我问他："这样子应该可以了吧？你瞧瞧。"

他说："别放太多水，要不然不够黏稠。"

"我放的水太多了？"

他说："你再去弄点沙子吧。其实我现在感觉还好，不就只剩一天嘛，我还能撑得住。"

瓦塔曼朝大道那边的小溪跑过去，我们才刚刚打那儿经过。他回来的时候，带来了一些沙子。他将这些沙子缓慢地倒进罐子里，跟黏糊糊的水泥混在一起。我回到大车边上问开什："这样应该可以了吧？"

开什回答道："可以了。不过我现在感觉很好，一定能撑得住。"

我们把夹板打开，将水泥倒到他腿上，倒得十分缓慢。

开什说："小心别把水泥弄到棺材上。"

我说："我们会的。"

有水泥从开什腿上滴落下来，德威·特尔从纸包上撕下一片纸，将落到棺材盖上的水泥擦拭干净。

"你现在感觉如何？"

开什说："很凉爽，很舒服，很舒服。"

爹说："希望这能对你有所帮助。我们都没想到事情会变成这样，请你原谅我。"

开什说："我现在感觉很舒服。"

你最好能获得解脱，走进时间。如果你真能做到这一点的话，那实在再好不过了。

我们把夹板放回原位，用绳子牢牢固定起来。浓稠的灰色水泥缓慢渗透了绳子。开什用充满疑惑的眼神安静地瞧着我们。

我说："好了，我们已经把你的腿固定好了。"

开什说："是啊，谢谢你们。"

接下来，我们坐在大车上，回头去看朱埃尔。他跟在后面，慢慢追上了我们。除了髋骨以下的部分在活动以外，他身体的其他部分都是僵硬的，后背是这样，面部表情也是这样。他追上了我们，却一个字也没对我们说。他面色阴沉，颧骨高耸，灰色的眼珠一动不动。他爬到了车上。

爹说："听我说，大家全都下车走一段路吧，这是一段上坡路。"

瓦塔曼

我跟特尔、朱埃尔、德威·特尔一块儿上山，我们没坐车，在车后面走路。朱埃尔回来了。刚刚他才追上我们，上了车。他的马已经不在了，他是走过来追上我们的。朱埃尔是我的哥哥，开什同样是我的哥哥。开什断了一条腿。我们为了让他的腿不再疼，就把他的腿固定起来了。开什是我的哥哥，朱埃尔也是，但朱埃尔没摔断腿。

高空中的秃鹰现在只剩下五只了，它们在那儿绕着黑色的小圆圈。

我问："特尔，它们在什么地方睡觉？我们待在谷仓里睡觉时，它们在什么地方？"

这座小山的山顶在天上。我们走上去，太阳在小山背后露出脸来。骡子、大车、爹都慢慢悠悠地走上了太阳，你要想直视他们是不可能的。杰夫森的阳光照耀着玻璃橱窗里小火车的运行轨道，那些轨道一圈圈环绕着，闪闪发光。这是德威·特尔告诉我的。

我今晚要去打探清楚，当我们在谷仓里睡觉时，那些秃鹰待在哪里。

特　尔

我问："你是谁生的，朱埃尔？"

我们将她放到苹果树下，因为轻风正从谷仓那边徐徐吹来。月光落在苹果树上，在正在熟睡的长木板上投下斑驳的树影。她在木板下面，偶尔会发出一些轻声细语，像流水一样的呢喃，十分隐秘。我带上瓦塔曼过去听她的声音。行至棺材面前，从上面跳下来一只猫，一下子窜到了阴影中，猫爪和猫眼都银光闪闪的。

"朱埃尔，你的妈是一匹马，你的爹呢？"

"你这个浑球儿，胡说八道。"

我说："你不能这么骂我。"

"你这个浑球儿，胡说八道。"

"你不能这么骂我，朱埃尔。"月光从高处照下来，照得他的双眼好像一个小足球上面黏住的两张白色小纸片，正在半空中悬浮着。

吃完晚饭后，开什出了一点汗。他说："我的腿有些热。我想应该是因为今天一天都在被太阳晒着的缘故。"

我们说："在上头洒点水说不定能让你好受一点，你希望我们这样做吗？"

开什说："我很感激你们的好意。我想，这应该是因为被太阳晒过的缘故。这一点我早该想到的，我早该把断腿遮挡起来的。"

我们说："你哪里能想到这一点呢？这是我们应该做的事。"

开什说："我本该留意到它会变热的，结果我却完全没有留意。"

我们在他腿上洒了些水。他被水泥盖住的那一截腿和脚热得好像煮熟了似的。我们问他："你有没有感觉好一些？"

开什说："我觉得好多了，多亏有你们。"

德威·特尔撩起自己的裙裾，帮他把脸擦干净。

我们说："那你好好睡一觉吧。"

开什说："好，我觉得好多了，多亏有你们。"

我说，朱埃尔，谁是你爹，朱埃尔？

你这个浑球儿。浑球儿。

瓦塔曼

她在苹果树下面躺着。我跟特尔在月光的照耀下走到她身边。这时，有只猫跳下来跑掉了。从木箱子里传来了她发出的声音。

特尔说："听到没？耳朵贴近一些。"

我照着做了，听到了她的声音。但她究竟在说什么，我却听不清楚。

我问："特尔，她在说些什么？她在跟什么人说？"

特尔说："跟上帝说，她在向上帝祈祷，求他帮忙。"

我问："帮什么忙？"

特尔说："她不希望其他人见到自己，就请上帝帮忙把她藏起来。"

"特尔，为什么她要这样呢？"

特尔回答道："因为这样她才能获得一个人的安息。"

"特尔，为什么她要获得一个人的安息？"

特尔说："听啊。"我们听到了她翻身的声音。特尔说："听啊。"

我说："她翻了个身。她正在看着我呢，连木头都遮挡不住她的眼睛。"

特尔说："是啊。"

"但是，特尔，为什么连木头都遮挡不住她的眼睛呢？"

特尔说："我们还是回去吧，回去吧，她需要静静地休息一下，我们千万不能打扰她。"

我说："只有箱子顶上才有洞，她根本没办法透过箱子看到外面。特尔，那她是怎么看到我们的？"

特尔说："我们还是去瞧瞧开什吧。"

就在这时，我看到了一些事。开什的腿出了问题，德威·特尔却要求我不要把这件事说出去。今天下午，我们帮开什固定住了他的腿，但是里头又出了问题。开什躺在床上，我们把一些水洒到他腿上，然后他就舒服了很多。

开什说："我觉得好多了，多亏有你们。"

我们说："那你好好睡一觉吧。"

开什说："我觉得好多了，多亏有你们。"

就在这时，我看到了一些事，德威·特尔却要求我不要把这件事说出去。这件事跟爹没关系跟开什没关系跟朱埃尔没关系跟德威·特尔没关系跟我也没关系

我跟德威·特尔准备在地上睡觉，结果我们睡在了后面的走廊上。在这里，能看见谷仓那边。我们的铺盖有一半照耀在月光下，刚好是腿那一半，我们的身体将会是一半在月光中，一半在黑暗中。这下我终于能找出那些秃鹰过夜的地方了。我能看见谷仓，能搞清楚它们过夜的地方，这让我觉得今晚不在谷仓里睡是值得的。

我们躺下去，任由月光照耀着我们的腿。

我说："瞧，我们两个的腿都是黑乎乎的。"

德威·特尔说："睡觉吧。"

杰夫森距离这里还有很远的一段路。

"德威·特尔。"

"怎么啦？"

"那东西为什么在那里？圣诞节还没到呢。"

那东西在轨道上不停地兜圈子，一圈圈的轨道光芒闪烁。

"你说什么东西在那里？"

"小火车，橱窗玻璃里的小火车。"

"睡觉吧，如果它真的在那里，明天你就能见到了。"

他们是城里来的孩子，但可能圣诞老爷爷并不知道这件事。

"德威·特尔。"

"睡觉吧。不管是哪个城里的孩子，都不能从那里拿走它。"

那辆红色的小火车就摆在橱窗里的轨道上，一圈圈轨道正在闪闪发光。我的心因为它疼起来。就在这时，爹、朱埃尔、特尔，还有杰利斯彼先生的儿子一块儿过来了。小杰利斯彼的腿从睡衣下面露出来。他走到月光下面时，腿看上去毛茸茸的。他们从房子旁边绕过去，走向苹果树那边。

"德威·特尔，他们要做什么？"

他们从房子旁边绕过去，走向苹果树那边。

我问："你闻到她的味道了吗？我闻到了。"

德威·特尔说："是风向改了。安静下来，睡觉吧。"

用不了多久，我就能找出秃鹰睡觉的地方了。他们从房子旁边绕过去，走过院子，那里正被月光照耀着。他们扛起她，抬着她走向谷仓。月光照在她身上，纹丝不动，安安静静。随后，他们回来，返回房中。小杰利斯彼的腿在被月光照到时，依旧是毛茸茸的。过了一阵子，我又叫德威·特尔。我想知道它们在什么地方睡觉。然后，我又等了一阵子。就在这时，我发现了一些事，德威·特尔让我别对其他人说起。

特　尔

他站在门口，那里一片漆黑，他的身体也像是黑夜凝聚而成的。他很瘦，活像一匹赛马，身上只穿着内衣。刚刚点燃的火焰把他的身体照亮了。他跳到地上，神情激愤，简直无法相信眼前发生的一切。他不必扭回头来，也不必转眼珠子，他一早就看到我了。火光像两个小火把一样在他眼中移动。他说："快跟上我。"说着，他便从斜坡上跳下去，朝谷仓那边飞奔过去。

他像一条银链子一样，在月光下疾奔。然后，谷仓突然爆炸了，悄无声息的。他像一个从铁片上剪下来的扁平状小人一样蹦起来。谷仓里头好像有炸药，这时整座谷仓顶上都烧起了火。大伙儿可以将谷仓正面那座圆锥状的墙壁看得一清二楚。墙上有个方形的出口，通过这个出口，能见到一个方形的棺材摆在架子上，好像立体画派中的甲虫。爹、杰利斯彼、麦克、德威·特尔、瓦塔曼也从屋里冲到外面，这会儿已抵达了我身后。

他驻足在棺材旁边，俯身怒气冲冲地瞪着我。大火在我们头上发出打雷一样的响声。我们身旁有风吹过，是冷风，没有丝毫温度。忽然有一小堆麦糠飞扬起来，然后很快就被马厩吸过去了。有匹马正在马厩中大叫，我说："赶紧去救那匹马。"

有那么一会儿，他一直瞪着我，眼神凶巴巴的。然后，他昂起

205

头来，朝屋顶看了一眼。跟着便跑向了马厩那边，那匹马还在里面大叫，它到处乱踢，但它制造出来的声音却被大火的声音吞没了。大火的声音听在我们耳中，就像在一座望不到尽头的高架桥上，驶过了一列望不到尽头的火车。杰利斯彼和麦克身穿长度及膝的睡衣，从我身边狂奔过去。他们用尖细的声音大叫着，叫得极其疯狂、惨痛，可惜一点用处都没有："……母牛……马厩……"风将杰利斯彼的睡衣吹到了前面，像个气球一样胀鼓鼓的，紧挨着他那毛茸茸的大腿。

只听"砰"一声，马厩的大门关上了。朱埃尔撅起屁股，再度将门撞开。他的外套下面露出了鼓鼓的肌肉。他弯腰抓住马的脑袋，将它拉出来。马的一对眼珠子在火光的映照下来回滚动，发出了颜色类似于蛋白的反光，那么温柔，那么迅猛，那么疯狂。马扬起头来，朱埃尔的两只脚被迫从地面上抬起来。在马的皮肤下面，凸起的肌肉正在不断滚动。朱埃尔还在拼命拉着马往前走，走得非常缓慢。他回过头来，迅速瞥了我一眼，眼神中依旧充满了愤怒。从谷仓里走出去以后，马还在挣扎着退向门里面。就在这时，杰利斯彼打我身旁走过，他用自己的睡衣蒙住了一头骡子的脑袋，因此他身上什么都没穿。他往那匹受惊的马身上招呼了几拳，终于将它撵到了门外。

朱埃尔跑回来，再度垂首瞧了瞧那口棺材。接下来，他走到了前面，在跟我擦身而过时叫起来："母牛在什么地方？"我尾随在他身后。马厩那边，麦克正在跟另外一头骡子搏斗。它转过头来，正对着大火，这时我看见它那对眼珠子正疯狂地滚动，但它并未发出任何声音。它只是在那儿站着，回头看着麦克，一看到他靠近，就抬起后蹄朝他踢过去。麦克扭头朝我们这边看过来，他的两只眼睛和一张嘴巴共同构成了脸上的三个圆洞。他脸上长了很多斑，好像一些英国豌豆被摆放到了盘子里。他那又尖又细的声音听起来十分渺远。

"我怎么拉它都拉不动……"这句话听在别人耳中，就像从他嘴边飞到了一个十分高远的地方，之后又传了回来，传回来的过程很漫长，令人精疲力尽。朱埃尔迅速从我们身边跑过，一点声音都没发出来，然后骡子的脑袋就被他抓在了手中。骡子扭过身去，胡乱踢个不停。

我附到麦克耳边说："用睡衣把它的脑袋包起来。"

麦克瞧着我，眼睛瞪得大大的。跟着，他便脱下了自己的睡衣，把骡子的头蒙住了。骡子立即安静下来。朱埃尔再度冲着他大叫："母牛在哪里？母牛在哪里？"

麦克叫道："在后头，最里头的那座马厩里。"

我们进入其中时，母牛一边瞧着我们，一边退到了墙角。它还在反刍，并且加快了反刍的速度。不过，它不愿动弹。朱埃尔驻足朝上望去，我们忽然发现阁楼和地板都已经消失了，成了大火的汪洋。零碎的小火花掉落下来，好像下起了雨。朱埃尔环视四周，在背后的食槽下面发现了一个凳子，凳子有三条腿，是供挤奶的人坐的。他拿起凳子，砸向后面的墙板。他连续砸断了三块木板，余下的那些残破的木板也被我们拽了下来。我们在这个缺口旁边俯身清理这些碎片，就在这时，不知是什么东西朝我们这边狂奔过来，一下就从我们中间冲出了一道豁口，冲到了外头那片光明的天地。原来是那头母牛，只见它的尾巴笔直地翘在屁股后头，好像一把扫帚垂直钉在了它的尾椎上。

朱埃尔扭回身去，走向谷仓。我说："朱埃尔，等一下！"我伸手拉他，却被他甩脱了。我说："笨蛋，从这边已经过不去了，难道你没发现吗？"谷仓的走廊这时已经跟探照灯下的雨景差不多了。我说："我们得从这边兜个圈子才能过去，你跟我一起。"

在从豁口出去之后，他马上跑起来。我叫他："朱埃尔。"然后我也跟着跑起来。他跑过房子的一角，等我跑到那里时，他已经快要抵达另一角了。强烈的火光映照着他的身影，真跟从铁片上剪下来的黑影差不多。爹、杰利斯彼、麦克正在稍远的地方站着，朝谷仓行注目礼。他们身上一片粉红，他们身后则是一片漆黑。忽然间，月光也变得黯淡了。我叫起来："拦下他！别让他过去！"

我过去时，他已经跟杰利斯彼打成了一团，只穿着内衣的瘦子和连衣服都没穿的家伙，看上去就像古希腊柱子上的两个图案，在红色的火光映照下显得十分超脱。可没等我靠近他们，杰利斯彼已经被朱埃尔打倒了。随即，朱埃尔扭身狂奔到谷仓里。

大火的声音这会儿已变得跟那条河的声音差不多了，听起来非常平和。谷仓门前的舞台越来越小，我们的视线穿过那里，追随着朱埃尔。他已经弯腰跑到了棺材靠里的那一端，并朝它俯下身去。被火点燃的干草纷纷落下，好像下起了雨，又好像一张用火编织出来的门帘子。朱埃尔抬头朝我们这边望过来，望了好一阵子。我能看出他的口型是在叫我。

德威·特尔高叫着："朱埃尔！朱埃尔！"她已经这样叫了五分钟，但我直到现在才听到。爹和麦克抱着她，她拼命想摆脱他们，同时用尖细的声音叫着"朱埃尔"。眼下，朱埃尔已经不再朝我们这边看了。我们看到他借助肩上的力量竖起了那口棺材，然后伸出一只手，把棺材向上托举了一下，好叫它从架子上面滑落下来。棺材摆得很高，简直高到了让人惊讶的地步，朱埃尔的身体被它遮挡得严严实实的。这么大一口棺材，才能让安迪·本德仑躺得舒服一些。若非亲眼所见，我真不敢相信这件事。棺材在下一个瞬间直立起来，火花掉到棺材上头，然后飞溅出去，这种碰撞似乎产生了更多火花。然后，棺材向前用加速度倾斜，朱埃尔再度现身，他仿佛已被一层单薄的火云包裹起来了，火花掉到他身上，跟下雨一样，同时有更多的火花飞溅出来。棺材不停地往下落，在翻身之后停了一会儿，随即再度缓慢地朝前落，从火帘子那里穿了出去。这次，朱埃尔紧紧抱着它，坐在它上头。最后，棺材轰然落到地上，朱埃尔被甩出去很远的一段距离。麦克往前跳了一下，一股并不浓烈的肉烧焦的味道飘进他的鼻子里。他在朱埃尔的内衣上不住拍打着，上面不断有窟窿冒出来，它们的边缘呈暗红色，并迅速扩张，那情景简直跟繁花盛开一样。

瓦塔曼

我只是想知道，它们晚上睡在哪里，但我却有了其他发现。他们问："特尔呢？特尔刚才去什么地方了？"

他们抬着她，返回苹果树下。

谷仓已不再是谷仓。它倒塌了下来，变成了红色的，红色的火焰正在向上蔓延。谷仓变成了一团团上翻的小火苗，朝天空和星星逼近，逼得星星们只能向后退。

开什还没睡着，他脸上都是汗，脑袋转来转去。

德威·特尔问他："要不要再往你腿上洒点水？"

我们举灯查看开什的腿脚，那里已经开始泛黑。

我说："开什，你的脚跟黑鬼的脚差不多。"

爹说："我觉得我们应该拆掉这些水泥。"

杰利斯彼先生说："妈的！你们怎么想到把水泥糊到他腿上的？"

爹说："我纯粹是为了他好，我以为水泥能帮忙固定住他的腿。"

要拆掉这些水泥，必须要用很大的力气，为此他们特意找了一把熨斗和一把铁锤。德威·特尔帮他们拿着灯照亮。开什这会儿已经睡熟了。

我说："他睡着了，这样就感觉不到疼了。"

我们把水泥砸出了一些裂缝，但它却依然牢牢附着在他腿上。

杰利斯彼先生说："再揭的话，只怕他的皮都要被你们一起揭下来了。在他腿上糊一层水泥，你们是怎么想的？你们可以在上面抹一层油啊，难道你们一个都没想到吗？"

爹说："是特尔给他糊上的，我就是想叫他快点痊愈。"

他们问："特尔去哪里了？"

杰利斯彼先生说："这样当然不可行了，稍微聪明点的人都知道，你们几个之中连这样一个人都没有吗？先前我还觉得特尔是这样的人，但原来不是。"

朱埃尔趴在那儿，后背都变红了。德威·特尔帮他把药涂到后背上，药将他的后背染得一片漆黑。这是一种据说能治烧伤的药，是用黄油和烟灰调制而成的。

我说："朱埃尔，疼不疼？朱埃尔，你的后背就跟黑鬼差不多了。"开什的腿脚也跟黑鬼的差不多。这会儿，开什腿上的水泥已经被他们砸碎了，鲜血从他腿上流下来。

德威·特尔说："小孩夜里是要躺在床上睡觉的，你现在就躺回去睡觉。"

他们问："特尔在什么地方？"

他在外头那棵苹果树下，他在她身上躺着，陪着她。野猫见到他在那里，就不敢再过去了。我问他："特尔，你是不是不想叫大猫再过来。"

月光落在他身上，投下一片斑驳的影子。那些影子在他身上不停地抽搐，但是投在妈身上的影子却连动都不动一下。

我说："她已经被朱埃尔救出来了，你不用哭了。特尔，别哭啦。"

谷仓依旧是红色的，只是比刚才的红色浅了一些。刚才火焰朝天空飞舞盘旋，星星们都吓坏了，生怕会掉到地上，只能不停地后退躲着它。它们跟小火车一样，叫我很心疼。

我只是想搞清楚，它们晚上睡在哪里，但最后我却发现了其他事情。德威·特尔叫我不要告诉任何人。

特　尔

药店、服装店、药物专卖店、车行、咖啡店，最近这段时间，我们在路上见到了很多这样的招牌。路标指示牌越来越少，内容也越来越简短：三英里、两英里。到了小山山顶，我们又上了大车。然后我们看到，在一片地势很低的土地上平铺了一层烟雾，看上去懒懒散散的，特别是在这个没有风的午后。

瓦塔曼问："特尔，那里是不是，是不是杰夫森镇？"他也瘦了一些，神情疲倦，看上去很别扭，好像在做梦一样，其他人也是这样的神情。

我回答："没错。"他扬起头来，朝天空望过去。它们在高空中飞舞盘旋，盘旋的圈子逐渐缩小，变得好似烟圈。我们不明白它们这是在前进还是在后退，它们的外在表现透露出了一些关于目的地的信息，但它们真正的前进方向却依然是个谜。我们又上了车，开什在木箱子上头躺着，腿上的水泥已经碎了，变成了一块一块的。两头瘦骨嶙峋的骡子拉着大车往山下狂奔，车身发出嘎吱嘎吱的响声。

爹说："我实在想不出别的法子了，看来我们只能送他去看大夫了。"朱埃尔的衬衫后面出现了油乎乎的黑印子，那里紧贴着他的皮肤。要想在下山的时候有车坐，我们只能依靠自己的双脚爬上

山。因为生命先会在低谷中成形，然后再升到山顶，与之一同升上
去的还有年代久远的恐慌、欲望和绝望。

德威·特尔在车座上坐着，膝头上摆着那个纸包。走到山脚时，
路变得十分平坦，朝树林那边延伸过去，路两边的树看上去好像两
道墙一样。德威·特尔往路两旁分别张望了一下，最终说道："我
要下车了。"

爹没有让骡子停下脚步，只是瞧着她问："你要做什么？"他
的侧脸显得很疲倦，这表明他早已猜到她会提出这种烦人的要求，
这让他很是厌恶。

德威·特尔说："我要到树林那边去。"

爹让骡子继续走，说："再走不到一英里就进城了，你等进城
以后再说行不行？"

德威·特尔却说："停车，我要到树林那边去。"

爹把车停在了路中央。我们目送德威·特尔带着那个纸包下了
车，头也不回地走了。

我说："你为什么要拿走蛋糕？我们可不是好惹的。"

她连瞧都不瞧我们一眼，一门心思下车。

瓦塔曼说："我们进城以后去哪里上厕所，她哪里知道？德
威·特尔，进城以后你打算去什么地方上厕所啊？"

她拿起车上那个纸包转身就走，旋即就在大树和矮树丛中消失
得无影无踪。

爹说："我们时间很紧，你可要抓紧时间。"她没应声。她那边
静悄悄的，连一点声音都没有。爹说："阿姆斯蒂和杰利斯彼说得
没错，我们应该听他们的，先往城里传个口信，叫那里的人做好准

备，动手挖坑。"

我说："你是该这么做的，你早该打电话知会他们一声了。"

朱埃尔却说："打电话做什么？不就是在地上挖坑吗？是个人就会。"

有辆汽车从山顶上下来，在减速的同时按响了车喇叭。它靠着路的边缘缓慢前行，外侧的轮胎陷入了路边的沟渠中。它打我们身旁经过，然后继续行进。瓦塔曼一直瞧着它消失在自己的视线范围里。

他问："特尔，还有多远的路程？"

我回答说："很快就能到了。"

爹说："我们是该那么做的。虽然我不愿意欠人情债，但是对于她的至亲，我倒是可以破例。"

朱埃尔说："不就是在地上挖坑吗？是个人就会。"

爹说："如果你们尊重她的话，就不该这样说她的坟墓。你们从来没有真心真意爱过她，一个都没有，所以你们一个都不明白。"朱埃尔僵直着身子坐在那里，一声不吭。他的后背凹陷下去，跟衬衫分离，形成了一个弧形的坑。他撑着自己的下巴，下巴上又红又肿。

德威·特尔过来了。她手拿纸包，再度在树林中现身，在我们的注视下上了车。她身上穿着一套很好的衣服，戴了珠子项链，还穿了皮鞋和长袜，以往她只有在礼拜日才会这样打扮。

爹说："我有印象，我曾告诉过你，不要把好衣服带出家门。"她默不作声，连看都没看我们一眼。她在座位上坐好，并将纸包重新放回车上。车子继续前进。

瓦塔曼问:"特尔,还剩几座小山要翻?"

我说:"就剩一座了,等翻过去以后,我们接着就到城里了。"

最后这座小山上满是红色的沙土,道路两旁是一座接一座的小木房子,房子的主人都是黑人。电话线密集分布在前面的天空中。透过树梢的缝隙,能听到从法院传来的钟声。大地似乎想让我们在进城的时候保持安静,因此车轮在沙土中滚动时只是发出很轻微的一点声音。走到上坡路时,我们下了车。

我们在大车和不断发出响声的车轮后头跟着,沿途走过一座又一座小木房子。那些房子的门口忽然冒出了一张又一张脸,但我们只能看到一双又一双白眼珠子。忽然有惊叫声传到我们耳中。在此之前,朱埃尔一直在朝路的两侧东张西望,这会儿他却直视前方,两只耳朵涨得通红,那是怒气造成的结果。在我们前边的路上,走着三个黑人。还有个白人走在他们前方十英尺处。在跟那几个黑人擦身而过时,他们忽然朝我们转过头来,用面部表情告诉我们,他们非常惊讶,非常愤怒,这种反应完全出自人的本能。他们之中的一个说:"上帝啊,他们用这辆车运了些什么?"

朱埃尔马上转身骂了句:"婊子生的!"他骂这句话时,刚好走到跟那名白人并肩而立的地方,白人随即止步于原地。朱埃尔一扭身便正对着他,朱埃尔好像忽然双目失明了,以为是那白人说了那句话。

正在车上躺着的开什大叫一声:"特尔!"我拉住朱埃尔。白人后退了一步,面部表情由松懈变得紧绷,下巴和牙齿都是如此。朱埃尔下颌泛白,冲着那白人俯下身去。

白人问他:"刚刚你说什么?"

我说："哎，这位先生，他是无意的。朱埃尔。"朱埃尔扑向那个白人，我只能拉住他，拉着他的手臂，将他往后面推。朱埃尔想摆脱我，让自己的手臂恢复自由，但在这个过程中，他甚至都没看我一眼。等我再度望向那个白人时，见到他手上多了一把折刀，刀刃已经亮出来了。

我说："先生，别这样，我正在阻止他。朱埃尔！"

朱埃尔气喘吁吁地说："你骄傲什么，不就是个城里人吗？"他一边说，一边想方设法摆脱我，并又骂了一句："狗娘养的！"

那个白人也使劲儿靠过来，贴近我。他把刀放下去，靠近自己的肚子，同时瞪着朱埃尔，说："你是什么人，敢这么骂我？"爹下了车，德威·特尔抱着朱埃尔往后退。我松开朱埃尔，转过身去跟那个白人面对面。

我对他说："请听我说，他并不是故意要这么做的。他现在有些昏头昏脑的，因为他生病了，昨晚他被火烧伤了。"

白人说："我管他有没有被火烧伤，用这样的话骂我就是不行。"

我说："他是误会你跟他说了句不好听的话。"

"我连他是谁都不知道，怎么会跟他说话？"

爹说："上帝啊，上帝啊。"

我说："我知道你没说，他会收回那句话的，他根本无心那样骂你。"

"那你叫他跟我说，他会收回那句话。"

"他会的，你先把刀放回去吧。"

他便收起了折刀。

爹说："给上帝个面子吧，给上帝个面子吧。"

我说："朱埃尔，跟他说你根本无心骂他。"

朱埃尔说:"刚刚我以为那些话是他说的,原因其实是他——"

"好啦,告诉他你无心骂他。"我说。

朱埃尔说:"刚才我无心骂你。"

那个人说:"他还是小心为妙,敢骂我是——"

"你觉得他没有胆子骂你吗?"我问他。

白人瞅了我一眼,说:"这句话可不是我说的。"

朱埃尔说:"你连这样的想法都不要有。"

我说:"到此为止吧,我们走。爹,到前头带路。"

大车继续前行。那个白人在原地站着,朝我们行注目礼。朱埃尔连头都没回。瓦塔曼说:"他可打不过朱埃尔。"

我们就要到达山顶了,有汽车在山顶上疾驰。这里便是那些大道的起点。两头骡子拉着大车来到山顶上,走上大道。爹让它们停下了脚步。有条大道一直向前伸展到面积广阔的广场上去。法院就坐落在那里,一座纪念碑耸立在它门前。我们重新上了车。与我们擦身而过的路人全都冲我们扭过头来,他们脸上的那种表情,我们早已习以为常。唯独朱埃尔一人没上车。大车开始行进时,他还在车子旁边。我对他说:"朱埃尔,上车。我们要走啦,你快上车。"但他还是不愿上车。他抬起一只脚,踩住正在转动的后车轮的车轴,然后伸出一只手抓住车厢的支柱顶端。在他脚下,车轴正在转个不停。于是,他便将另一只脚也抬起来,纹丝不动地蹲在那里,直视前方。他的后背挺直,身材瘦削,好像一尊用细木板雕刻而成的人像,以半蹲姿势待在那儿。

开 什

要么把特尔送到杰克逊的精神病院，要么等着杰利斯彼来告我们，我们已经无计可施了。特尔纵火一事，杰利斯彼已经知道了一些。他到底是如何得知的，我并不清楚，反正他知道了。特尔纵火是瓦塔曼亲眼所见，但瓦塔曼却发誓说，他只将这件事告诉了德威·特尔一人，并且德威·特尔也叮嘱过他，叫他无论如何都不要把这件事告诉别人。可就算是这样，也没瞒过杰利斯彼。其实就算他现在不知道，以后也会推测出来的。他会推测出纵火的元凶就是特尔，因为特尔当晚的怪异行为他已经全都看到了。

爹也说："我想我们已经没有别的法子可想了。"

朱埃尔说："你准备马上处置他吗？"

"处置他？"

朱埃尔说："把他抓住绑起来，要不然你想怎么做？想再看他放一把火，把骡子和车都烧光？他娘的！"

但我们其实不必这样做。我说："我们不必这样做，我们先埋葬了安迪，之后再处理这件事吧。"既然他此后的大半生都要被囚禁，那在他还没被囚禁的这段日子，就让他活得尽量快活些吧。

爹说："我觉得，他应该参加她的入土仪式。这真是我避不开的灾难，这一点上帝很清楚。灾祸这种事儿，好像一开头就永无结束的一天了。"

我有时实在搞不清楚，一个人是否已经发疯，该由什么人来判定。我有时会觉得，无论是什么人，都不能做到百分百的发疯或百分百的正常。他就是那个样子，这便是大部分人的说法。似乎大部分人对于他所作所为的看法才是最重要的，至于实际情况如何，根本就无所谓。

之所以会出现这样的结果，表面看来是因为朱埃尔对他的处罚太狠了。但是如果朱埃尔没卖掉那匹马的话，安迪也不会如此靠近杰夫森。从这个角度来说，他那匹马才是特尔真正想烧掉的对象。但在渡河前后，我多次萌生了这样的想法：要是他能带她离开，远离我们，然后用一种神圣的方法埋葬她，那么上帝一定会祝福他们的。正因为这样，我觉得朱埃尔拼死拼活从水里救她出来，其实是对上帝心意的一种背弃。随后，特尔明白到，这件事应该由我们之中的一个人来做。从某个角度来说，他这样做其实是正确的。不过，他在行动时却犯了不可饶恕的过错：他损坏了人家的财物，在人家的谷仓里放火，险些烧死了人家的牲口。从这个角度来说，我们有充足的证据能确定他已经疯了。这句话的意思是，他的想法总是有别于其他人。我觉得自己已经无计可施了，只能对大部分人持有的观点表示认同。

但这件事总归是件丑事。有句年代久远的谚语说得很对，但是大家似乎早已忘掉了那句谚语，它是这样说的：不管在什么情况下，都要像在为自己干活一样，把钉子钉得紧紧的，边沿打磨得光溜溜的。

在这个世界上，有些人只配用盖鸡棚的粗糙木料，与此同时，有些人却能用建造法院的那种既光滑又好看的木板。但建造一座外表光鲜、内里空虚的法院，倒真比不上建造一座稳固的鸡棚。但人的情绪并不会因这两种建筑建造得好还是不好而出现任何起伏。

我们走过大道，走向广场。特尔忽然说："我们还是先送开什去看大夫吧。我们可以以后再去接他，这段时间就让他待在大夫那里。"他说得很有道理。因为我们两个的出生日期比较接近，而朱埃尔、德威·特尔、瓦塔曼他们，却是在我们出生之后差不多十年，才先后出生的。当然了，我跟他们也是很亲的。我是家里的大哥。但不知道为什么，他做的事情我都曾经想过。这是为什么呢？我真搞不清楚。

爹一边咕哝，一边先后看了看我跟他。

我说："我们先去做那件大事，现在就去。"

爹说："我们全家人都要去，这是她的意思。"

特尔说："反正她已经等了九天了，再等一下也无妨。我们先送开什去看大夫吧。"

爹说："你们一个都不了解。如果你跟另外一个人从年轻时就在一起，你们亲眼见证了对方老去的过程，然后你在自己老了的时候听到有人跟你说，她的事根本算不了什么。到了这一刻，你便会明白到何谓真理，这是这个冷漠的世界，以及你作为一个男人承受的所有痛苦与磨砺赐予你的。你们一个都不了解。"

我说："那个坑还要等我们去挖呢。"

特尔说："阿姆斯蒂和杰利斯彼都提醒过你，叫你事先知会他们一声。开什，你愿意马上去看彼保第大夫吗？"

我说："眼下我的腿已经舒服了很多，我们还是先去办正经事吧，现在就去。"

爹说："我们没带铁锹过来，怎么挖坑呢？"

特尔说："是啊，那我们只能去买一把铁锹了。我去找找看哪里有五金店。"

爹说："铁锹可一点儿都不便宜啊。"

特尔说："你不愿意在她身上花钱吗？"

朱埃尔说："买吧，把钱拿出来，拿出来。"

爹却絮叨起来，没完没了的："这里应该会有热心肠的人，我们要借铁锹的话，应该不难。"特尔坐在原地，不再动弹。大家继续赶路。朱埃尔在后头的挡板那里蹲着，目不转睛地瞧着特尔的后脑门。朱埃尔好像那种从不叫唤的恶狗，蹲在地上，将拴在自己身上的绳索绷得紧紧的。它瞪着自己的猎物，随时准备朝对方扑过去。

在抵达本德仑太太家之前，朱埃尔一直保持这种姿势。有乐声从本德仑太太家里传出来，朱埃尔在听音乐的同时，继续目不转睛地看着特尔的后脑门，他那对白眼珠子看上去十分凶狠。

乐声是从房中的留声机里传出来的。那是一种类似于乐队演奏出来的自然的音乐声。

特尔问："你愿意去看彼保第大夫吗？我可以送你过去，他们会留在这里，把这件事告诉爹。我事后会回到这里接他们的。"

我说："用不着了。"反正这件事已经快办妥了，只等爹去借铁锹了，我们最好还是先埋葬了她。爹赶着大车，沿着大道一路向前，最终抵达了那所房子，乐声就是从那里头传出来的。

爹说："这一家说不定会有铁锹。"他好像能未卜先知似的，叫骡子在本德仑太太家门前停了下来。我有时候会一个人思索，一个勤劳的人若是能预知自己的前程，就像那些懒汉生来就知道怎么偷懒一样，那该是多好的一件事啊。他好像能未卜先知似的，止步于那座崭新的小房子前。我们在那儿一边欣赏音乐一边等待。音乐真叫人心情舒畅，我有信心，我能说服苏拉特，用五块钱的低价买下他的留声机。爹说："这一家说不定会有铁锹。"

特尔说："朱埃尔和我，哪一个适合去借铁锹？"

爹说："我想还是我亲自出马吧。"爹下车，从小路绕到房子后面。乐声停下来，然后重新响起。

特尔说："他去借人家也会借给他的。"

我说："没错。"好像在接下来的十分钟内即将发生的事，他能透过墙壁事先看到一样。

十几分钟过后，爹还跟她在屋里说着什么。乐声早就停下来了，许久都没再响起。我们还在车上等着。

特尔又说："我送你去看彼保第大夫吧。"

我说："我们还是先安葬了她吧，看大夫的事以后再说。"

朱埃尔说："他还要不要回来。"他骂骂咧咧地下了车，说："我走啦。"

就在这时，我们看到爹回来了。他从房子的一角绕过来，手里拿着两把铁锹。他先将铁锹放到了车上，然后上了车。大家继续赶着车往前走。此后，我们再也没听到乐声。爹扭回头去，朝那所房子那边张望。我隐约看到他略微抬了一下手，房中的窗帘稍稍掀起，露出了她那张脸。

不过，德威·特尔才是最怪异的那一个，这让我很是惊讶。这么长时间以来，我很清楚别人说特尔是个疯子是有依据的。但是特尔的疯狂并非源自私人恩怨，他其实跟其他人差不多，只是他好像很难控制自己的行为。但你根本没必要为此事动怒，这就好比你一脚踩到烂泥坑里，泥点飞溅到你身上，难道你会因此责备烂泥坑吗？另外，我总感觉他跟德威·特尔有些共同的秘密。如果有人问我，她最偏爱我们几兄弟中的哪一个，我的答案一定是特尔。当我们埋葬好了妈，坐车来到大门外，进入小巷中时，有两个人已经等在那里了。他们冲着特尔走过来，特尔于是躲到了后面。这时候，朱埃尔都没出手，德威·特尔却先朝特尔扑过去了。我到了这时才确定，杰利斯彼究竟是如何得知有人在自己的谷仓纵火的。

她既没看特尔，也没跟他说话。然而，当那两人向特尔说明自己此行的目的，要求他跟他们离开，他向后躲闪时，她却扑向了他，那动作就像一只野猫一样。那两人中的一个，只好分神去阻挡她像野猫一样撕扯特尔。另外一个人跟爹和朱埃尔乘机合力将特尔按在地上，并压住了他，不许他再动弹。特尔仰视着我。

他说："你竟然一个字都没跟我说过，我真是想不到。原本我还以为你会事先提醒我的。"

我叫他："特尔。"这会儿，他又开始挣扎起来，跟朱埃尔和那个人搏斗着。那个人的同伴还在阻挠德威·特尔。瓦塔曼在一旁大叫。朱埃尔却说："弄死他。这个婊子生的，弄死他。"

这件事怎么会变成这样，真是太可怕了，太可怕了。他逃不掉了，那件事他干得太不利落了。他逃不掉了。他却还在说："原本我还以为你会事先提醒我的。我没有想过……"说着说着，他发出了一阵狂笑声。另外一个人将朱埃尔从他身上拽下来，他便在地上坐着狂笑起来。

　　我真希望能跟他解释清楚。要是我的身体还能动弹就好了，如果我能坐起身来，那就更好了。但当我这样做时，他却只是停止了狂笑，抬头朝我这边看过来，问："你愿意他们把我送到那里吗？"

　　我说："这是为了你好。特尔，这是为了你好，那地方很安静，你不会受到别的人或事的打扰。"

　　他说："为了我好。"他再次狂笑起来。他说："为了我好。"他不会只是为了狂笑才不断重复这句话的。他在地上坐着，不停地狂笑。我们瞧着他，事情怎么会变成这样，这真是太可怕了，太可怕了。在我看来，这一点儿都不好笑。不管怎么样，他故意把人家好不容易盖的房子和好不容易收获的粮食烧掉，就是他不对。

　　但究竟哪个人才手握大权，能判定别人是否已经发疯，我真的不知道。不管是什么人，他的心底似乎都存在另外一个他，这个他做出了很多正常以及不正常的举动，他凝视着这个他的所作所为，同情，害怕，又吃惊，这个他绝不能用普通意义上的正常或是不正常的标准来判定。

彼保第

我说:"我觉得,能让贝利·凡纳像医治骡子一样医治自己的人,肯定是已经走到绝路了。但是只有那些比我多出两条腿的骡子,才会愿意叫埃斯·本德仑往自己腿上糊一层水泥。"

开什说:"他们只是想减轻我的痛苦。"

我说:"只是想减轻你的痛苦?叫他们去死吧。阿姆斯蒂居然眼睁睁地看着你被他们重新搬到车上?他居然蠢到了这种地步!"

他说:"我们的时间太紧,不能耽误,再说我的腿也慢慢好了一些。"我只能把双眼瞪得大大的,注视着他。他又说:"更何况我并不觉得多么痛苦。"

"你居然跟我说,你并不觉得多么痛苦?你可是摔断了腿,在一辆没装弹簧的大车上颠簸了六天啊,你只能躺着,连动都不能动了。"

他说:"我真的没感觉到有多么痛苦啊。"

我说:"你的意思是,你没让埃斯觉得痛苦,是吧?他对那个可怜人做的一切也没叫他觉得痛苦吧,他把那人扔到大街上,当成杀人犯一样戴上了手铐。我不想再跟你讨论这个话题了。莫非你真的觉得不痛苦吗?你可是被揭掉了六十多平方英寸的皮肤,才把那些水泥弄干净的。你真的不痛苦吗?以后你即便还能走路,也只能一瘸一拐地走完后半生。拿水泥把你的腿糊起来，上帝啊！埃斯要想省点事儿的话，直接送你到最近的木材厂，把你的腿搁到锯子下面不就行了？他要真这么做了，还真能治好你的腿。然后，你再把他的脑袋推到锯子下面去，如此一来，你便救了你们全家人的命……埃斯去哪里了？他又要干什么？"

他说："他借了别人的铁锹，现在要物归原主。"

我说："这倒是真的。他要埋葬他的老婆，不借铁锹怎么能行呢？要是能借到一个现成的坑就更好了。真遗憾，你们几兄弟怎么没把他也丢进坑里呢……这样疼吗？"

他说："没什么大不了的。"但是他面颊上却淌下了豆大的汗珠子，面色惨白，跟吸墨水纸差不多。

我跟他说："的确这样。等到明年夏季，你就可以用这条腿蹦蹦跳跳了。到了那时，你就不会感到痛苦了。你都这样了，怎么还能说没什么大不了的……这次你摔断的还是上次摔断的那条腿，这是你唯一值得庆幸的一点。"

他说："爹也是这样说的。"

麦高恩

乔迪过来的时候，我正在处方柜后头倒巧克力酱。乔迪说："喂，斯基德，前面来了个女人，说是要看我们这里应诊的大夫，我跟她说，我们这里没有应诊的大夫，她就在原地呆立着，瞧着我们店里头。"

我说："那个女人是什么人？艾尔福德那家诊所不就在楼上嘛，你叫她到那儿去。"

他说："那个女人是从乡下来的。"

我说："你跟她说，孟菲斯召开医学大会，所有医生都去那儿开会了。还有，你叫她去法院吧，那里有热闹可看。"

"那好，"他转身离开了，"她在乡下姑娘之中算是很漂亮的了。"

"等一下，"我叫住他。我走到门边，透过门缝窥视外面。我只能看到她的两条腿，在灯光的映照下看上去蛮好看的，至于别的地方我就看不清了。我问："你的意思是，她很年轻？"

他说："她在乡下姑娘之中算是很有气质的了。"

我把巧克力酱塞进他手中，说："拿着。"然后我将围裙摘掉，走到了前面。她的确很漂亮，长着一双黑色的眼睛。像她这样的姑娘，要是碰上了三心二意的负心人，肯定会一刀子捅过去的。她的确很漂亮。现在是午饭时间，其他店员都出去了。

我问她："我能帮你什么忙？"

她问："你是大夫？"

我说："是啊。"

她从我身上转移开视线，朝四处张望了一下，然后说："我们能不能到后头说？"

虽然老头子通常不会在一点前回来，并且现在才十二点十五，但为了保险起见，我还是吩咐乔迪帮我把风，一见到老头子回来就吹口哨提醒我。

乔迪说："你最好别干这种事儿。要是传到他耳朵里，他肯定会以迅雷不及掩耳之势在你屁股上踹一脚，然后炒了你。"

我说："在一点之前他肯定不会回来的。他到邮局拿信时，你在这里肯定能看见他。现在你给我睁大眼好好看着，一有事就吹口哨通知我。"

他问："你要做什么呀？"

"等一下你就知道了，现在你给我好好把风。"

他问："需不需要我帮忙？"

我说："你别胡思乱想！我们这里又不是配种站！我要去给病人做检查了，你在这里把风，用点心。"

我走向店后头。走到镜子前面时，我停下来整理了一下头发，然后继续走向处方柜。她正在那儿等着，瞧着处方柜。见我来了，她便转而看向我。

我说："小姐，你有什么地方不舒服？"

她盯着我说："是女人才有的那种烦心事。钱我带过来了。"

我说："嗯，你是因为那种烦心事来了而烦，还是没来而烦呢？

要真是这样的话，那你可就走运了，遇上了我这位大夫。"乡下人就是这样，她们之中有一半人搞不清楚自己想要什么，另外一半人倒是搞清楚了，却表达不清楚。我看看时钟，已经十二点二十分了。

她说："不是这样的。"

我问她："不是怎样的？"

她说："我只是不来了。"她看着我，又说："钱我带过来了。"

我终于弄明白了。我说："嗯，有一个你不打算要的东西，现在出现在了你的肚子里。"她注视着我。我问她："你是想叫它继续留在那里，还是把它弄出来？"

她说："钱我带过来了，他跟我说，有那么一种药，在药店里就能买到。"

我问："这是谁说的？"

她注视着我说："他。"

我说："他叫什么名字？你不想说吗？他搞大了你的肚子，你却不想说出他的名字？就是他叫你过来买药的？"她没有说话。我又问她："你应该还没有结婚吧？"我没看到她戴结婚戒指，但可能很少有乡下人会戴这种东西。

她说："钱我带过来了。"她将一张包在手帕中的十元纸钞拿给我瞧。

我说："钱你肯定有，这是他给你的吧？"

她说："是。"

我问："哪一个他给你的？"她睁大眼睛瞧着我。我又问："他们之中的哪一个给你的？"

她看着我，说："只有一个他。"

我说："得啦。"她不说话了。这座地窖只有一个出口，还是在屋后那道楼梯后头，真糟糕。现在已经十二点三十五分了。我跟她说："你们这种漂亮姑娘。"

她一边瞧着我，一边用手帕重新包起了那张纸币。我说："不好意思，我出去一下。"我从处方柜边上绕到外头，对乔迪说："那个故事你有没有听过？有个人的耳朵被拧坏了，从那以后，他连放炮的声音都听不到。"

乔迪说："你还是快点叫她出来吧，趁着现在老头子还没回来。"

我说："只要你待在你的工作岗位上，他就只会抓我，不会连你也一块儿抓的。"

他慢慢走向店前面，并问我："斯基德，你准备对她做些什么？"

我说："你快点到前边去帮我把风。这个问题我现在还不能回答你，总而言之，我不会说些大道理给她听就是了。"

他说："斯基德，告诉我吧。"

我说："你快过去吧，我就是给她开个处方，别的什么都不会做。"

"他要是看到后头有个女人，可能不会有什么反应，但要是看到你胡乱动他的处方柜，肯定会飞起一脚，踢你到地窖的楼梯底层去。"

我说："我又不是没见过比他更狠的浑球儿。得啦，你快点过去帮我把风，快点去。"

我又来到了后头，现在已经十二点四十五分了。她已用手帕包住了那张纸钞，这会儿正在给手帕系一个结。她对我说："你根本不是大夫。"

我说："你听谁说的？"她审视着我。我说："你之所以这么说，是不是因为我看上去一点儿都不像大夫，哪有像我这么年轻英俊的大夫？先前我们这里的大夫都是些老头子，他们都有风湿病，关节都僵硬了。因为镇上的大夫全都是老头子，杰夫森几乎成了大夫的养老院。结果医院的生意越做越差，大伙儿都不再生病了，特别是女人们，她们拒绝去看大夫。在这样的情况下，人们便将那些年老的大夫统统赶走了，聘请了一些年轻英俊的大夫，我就是其中之一。因为在女人那里，年轻男人总是很吃香的，所以女人们又开始看大夫了，医院的生意也慢慢好起来。眼下，这种做法已经推广到了全国各地，难道你没听人说起过吗？你肯定从来都没看过大夫。"

她说："现在我要看大夫了。"

我说："刚刚我已经告诉过你了，你看的这一个是最好的大夫。"

她说："钱我带过来了，你这里有能医治我的药吗？"

我说："嗯，大夫在学习怎么搓甘汞丸的时期，对各种医学知识都会有所涉猎，因为指不定什么时候就能派上用场了。不过，你现在的问题是否包括在内，我可实在不好说。"

"他跟我说，我能买到一种药，在药店就能买得到，是他跟我说的。"

我说："具体是什么药，你有没有听他说过？如果没有的话，你还是回去向他问清楚比较好。"

她将视线从我身上转移出去，双手不停揪扯着那块手帕，说："我要想个法子。"

我问她："你要想个法子？你那件事已经迫在眉睫了，对不对？"她睁大眼睛看着我。我又说："作为大夫，自然要了解各种各样的知识，他的知识储备有多丰富，旁人根本想象不到。当然了，他并不会把自己了解的事情全都说出去，他可不想触犯法律。"

从前边传来乔迪的叫声："斯基德。"

我说："不好意思，我过去一下。"我来到前头，问："他回来了？"

他说："你怎么还没看完病啊？不如我去看吧，你过来把风。"

我说："你去下个蛋不是更好？"我又回到了后头。她目不转睛地瞧着我。我跟她说："帮你这个忙会把我送进监狱的，这一点你肯定已经了解了。他们会取消我的行医资格，那样一来，我便只能做苦力谋生了。你知不知道？"

她说："我就只带了十块钱过来，要是不够的话，我下个月再把剩下的钱送来给你。"

我说："十块钱？十块钱怎么够？我的学识和技术的价值，是不能用钱来衡量的。"

她的双眼一眨不眨地盯着我，问："那你想要什么？"

只差四分钟就到一点了，我打定主意叫她离开。我对她说："你先猜三次，然后我再把答案告诉你。"

她的双眼还是一眨不眨地盯着我，她说："我没有别的选择了。"她先后瞧了瞧后头、左右和前头，跟着说："你先给我药。"

我说："你是说，现在？在这地方就行？"

她说："你先给我药。"

我拿了一个有刻度的量杯，然后选了一个表面看来很正常的瓶子，在选瓶子的过程中我竭力用后背挡住她，不让她看到我在做什么。这个瓶子上没有任何标记，这种瓶子应该不会用来盛毒药的，要不然把毒药装进去的人可要蹲大牢了。我闻了闻瓶子里的东西，像是松节油。我往量杯里倒了一些交给她。她闻闻里面的东西，视线穿透量杯的杯壁，朝我这儿看过来。

她说："这种药的味道好像松节油。"

我说："没错。这只是治疗的第一步。今晚十点，你要再过来一趟，我会对你实施其他治疗措施，包括手术。"

她说："还要动手术？"

"这种手术你先前也做过，不会感觉到疼的。以毒攻毒的道理，你应该听过吧？"

她审视着我，问："会有效果吗？"

"只要你再过来一趟，接受我的治疗，肯定会有效果的。"

她毫不犹豫地喝下了那杯药，连我都不知道那药究竟是什么。随后，她出去了。我回到店铺前头。

乔迪问我："搞定了？"

我说："搞定了什么？"

他说："哎，别装糊涂，那小妞我又不会跟你抢的。"

我说："你是说她呀，她就是拉肚子，想来拿点药，这种事儿有旁人在场的话，她不好意思开口。"

由于晚上还有大事要做，我不到八点半就帮老头子把账目核对好了，然后帮他拿了帽子，打发他回去了。我跟他一块儿走了一段路，走到街道拐弯的地方，我目送他从两盏路灯中间穿过，在黑夜中消失得无影无踪，然后我便返回店里。九点半的时候，我给门上了锁，把前边的灯关掉了，只亮着最里头的一盏灯。随后，我到店后边取了六个胶囊，往里面塞了爽身粉。接下来，我又把地下室略微清扫了一下。这样一来，便万事俱备，只欠东风了。

她很准时，在十点钟的钟声还未敲完时过来了。我给她开门，她步履匆匆地走进来。我往门外张望了一下，除了一个正坐在街边石栏上，身穿背带裤的小男孩以外，没见到任何人。我问他："你想买什么东西？"他瞧着我，一句话也不说。我把门上了锁，又把灯关好，然后朝后头走去。她正等在那儿。不过，她已经不再瞧我了。

她问："药呢？"

我将那一盒胶囊交到她手上。她拿着箱子，瞧着胶囊问："这药会起效吗？你能确定吗？"

我说："我能确定，但前提是你要做完最后一项治疗。"

她问："在哪里？"

我说："在地下室里，就在这下面。"

瓦塔曼

这边比原来的地方要宽阔、明亮得多，但那些已经打烊的商店却是一片漆黑。商店一片漆黑，但橱窗玻璃却在反光，这是我们从那里走过时看到的。那些光来自法院四周的树林，那些灯就装在树上，但法院却是一片漆黑。法院顶上有座钟，它是亮的，四面都能看到。月亮虽然不是很亮，但也是亮着的。它悬挂在遥远的天边，月光洒下来，照在铁轨上。特尔到杰克逊去了，他是我的哥哥，他是我的哥哥。

我说："德威·特尔，我们从那边走好不好？"

德威·特尔说："为什么？"玻璃橱窗里有一圈一圈、闪闪发光的铁轨，上面有红色的小火车。但是她告诉我，城里的孩子都甭想从圣诞老爷那里买到小火车。德威·特尔说："等到圣诞节的时候，它就会在橱窗中出现了。等到圣诞节的时候，他就会带着小火车回来了。"

那么多人都没到杰克逊去。特尔去了杰克逊。特尔是我的哥哥。我的哥哥要到杰克逊去了。

我们从那里经过时，树上的灯光也跟随我们转动起来。四周的灯光看上去都没什么分别。法院周围那一圈都被照亮了。走到远处以后，那些灯光就不见了，但远处那些漆黑的玻璃窗能反照那些光，你还能看到它们。除了我和德威·特尔以外，其他人都上床休息了。

我的哥哥要去杰克逊了，他会坐火车去那里。有一家店的最里头还亮着一盏灯。有两大杯苏打水摆在玻璃橱窗里，一杯是红色的，一杯是绿色的。不管是两个人，两头骡子，还是两头牛，都喝不完这两杯水。店门口那里出现了一个男人，他正瞧着德威·特尔。

德威·特尔跟我说："你在这里等着。"

我说："我也要进去。为什么不让我进去？"

她说："你在这里等着。"

我说："那好吧。"

德威·特尔到里面去了。

特尔发了疯。特尔是我的哥哥。

跟坐在地上比起来，走路实在太累了。那个人开着门站在那里，看着我说："你想买什么东西？"他的头发闪着油光。有时，朱埃尔的头发也是这样的。开什的头发从来不这样。特尔去了杰克逊，特尔我哥哥，他正在街上吃香蕉。德威·特尔说，你爱不爱吃香蕉？小火车要等圣诞节才会出现，你要等着那一天到来，那样你就能看见小火车了。那样我们就能吃到香蕉了，我跟德威·特尔会有一大袋子香蕉。他把门锁起来了。德威·特尔在里头。然后，灯火一下子熄灭了。

他去了杰克逊。他去了杰克逊，他疯了。很多人都没疯。爹、开什、朱埃尔、德威·特尔、我，我们都没疯，从没疯过。我们也从没去过杰克逊。特尔。

有好长一段时间，我都在听一头母牛发出的声音，它走在大街上，脚下啪嗒啪嗒响个不停。然后，它来到了广场上，从中横穿过去。它垂着头，脚下啪嗒啪嗒响，还叫起来，哞哞哞。它叫完以后，广场上就完全空了。原本广场上虽然没什么东西，但也不是什么都没有。它继续朝前走，脚下啪嗒啪嗒响个不停，嘴里还叫着，哞哞哞。特尔是我的哥哥。他到杰克逊去了，坐着火车。他疯了不是因为坐火车。他坐在我们的大车上时就疯了。特尔她进去很久了也没出来。母牛也已经离开了。已经很久了。母牛离开的时间都没有她在里头待的时间长。什么都没有的时间，比它们俩都长。特尔是我的哥哥。我的哥哥特尔。

德威·特尔走出来瞧着我。

我跟她说："我们去那边。"

她瞅着我说："那个男人不是个好东西，根本不会起效的。"

"德威·特尔，什么东西不会起效？"

她的眼神一片空洞，说："它不会起效的，我很明白，很明白。"

我说："我们去那边。"

"已经很晚了，我们要回旅店了，回去的时候别被其他人发现了。"

"我们顺道过去瞧瞧不好吗？"

"你吃香蕉会更好的，不是吗？难道不是吗？"

"那好吧。"我的哥哥去了杰克逊他发了疯。杰克逊比发疯还遥远。

德威·特尔说："它不会起效的，绝对不会起效的，我很清楚。"

我说："什么东西不会起效啊？"他到杰克逊去要坐火车。火车我没坐过，特尔现在坐过了。特尔。他是我的哥哥。特尔。特尔。

特　尔

特尔去了杰克逊。他狂笑着，被人推上了火车。在从漫长的车厢中经过时，他继续狂笑，以至于所有乘客都像猫头鹰一样扭过头来。我问他："有什么好笑的？"

"没错没错没错没错没错。"

他被两个男人押到了火车上。那两个男人的外套搭配得很别扭，右侧的屁股兜凸起来。最近给他俩理发的两个理发师好像都添置了一只开什那种粉线斗，所以他俩后颈上的头发才理得那么整齐。我说："你笑什么？是笑那两把枪？是笑声让你觉得厌恶？"

为了让特尔坐在窗前尽情地笑，他们将各自的座位挪到了一块儿。他们中的一个在特尔身旁坐着，另外一个逆着火车行进的方向坐在特尔对面。州政府制造出来的硬币，正面和背面都是必不可少的，而正是州政府出钱帮他们买了火车票，所以他们之中一定要有一个背着坐。州政府的硬币一边是女人，一边是野牛，这是一种乱伦关系。没有背面，只有两个正面，我不知道这是什么状况。特尔在打仗的时候，从法国搞来一个小望远镜。其中有一个女人、一头猪，看不到他们的正面，只能看到背面。那是怎么一回事，我倒是很清楚。"特尔，你之所以狂笑，就是因为这个原因吗？"

"没错没错没错没错没错没错。"

　　大车被拴在了广场上，车屁股正冲着法院。两头骡子安安静静地待在那儿，缰绳缠在了座位的弹簧上头。除了这辆车以外，广场上还有一百辆车。它跟那些车基本没区别。朱埃尔在车子旁边站着，望着街道那边。他那模样跟当天出现在这里的所有人都没区别，但他还是有些特别之处的，一看就能看得出来。火车在开动之前一定会有一种特别的氛围，现在这种氛围也出现在了大车上，出现的原因可能是在车座上坐着的德威·特尔和瓦塔曼，以及在铺盖里躺着的开什，全都在吃一只纸袋子里装的香蕉。"特尔，你之所以会狂笑，就是因为这个原因吗？"

　　特尔是我们的手足，我们的手足。在杰克逊，我们的手足特尔被囚禁在了一只笼子里。他将脏兮兮的双手轻放在安静的笼子缝隙中。他口吐白沫，看向外面。

　　"没错没错没错没错没错没错没错没错。"

德威·特尔

我的钱被他发现了。我对他说:"这钱不是我的,不是我的。"

"那它是谁的?"

"它是可拉·塔尔的。我把蛋糕卖给了塔尔太太,这钱是她给我的。"

"那两个蛋糕值十块钱?"

"这钱不是我的,你别动它。"

"你根本就是瞎说,你都没有蛋糕,你那个纸包里装的是礼拜日才穿的好衣服。"

"你别碰这钱!要不然你就是小偷。"

"你居然说我是小偷,你可是我女儿呀,你可是我女儿呀。"

"爹啊。爹啊。"

"你吃的食物、住的房子,有哪一样不是我给你的。我把你养到这么大,我爱了你这么多年,但你这个亲生女儿,我亡妻的亲生女儿,居然在自己母亲的坟墓近处说我是个小偷。"

"我跟你重复一遍,这钱不是我的。上帝可以帮我作证,要是这钱是我的,我现在就可以交到你手上。"

"那你是从什么地方弄来的这些钱?"

"爹啊。爹啊。"

"你不想跟我说。你没有胆子告诉我，是因为这钱来路不正吧？"

"我跟你说了，这钱不是我的。为什么你就是不明白呢？"

"难道我会把钱拿走，据为己有？我还不至于干出这种事来吧。但她居然说自己的亲生父亲是个小偷。"

"我跟你说了，这钱我不能给你。这钱不是我的，我跟你说过了。上帝作证，要是我的，我就给你了。"

"就算你给我，我也不要。区区十块钱，你都不舍得借给我，你可是我的亲生女儿，我都养了你十七年了。"

"我没办法给你啊，这钱又不是我的。"

"那它是谁的？"

"是别人给我买一样东西的。"

"什么东西？"

"爹啊。爹啊。"

"这钱就当是你借给我的，这样还不行吗？我最讨厌我的亲生子女责备我了，上帝很清楚这一点。我养活他们的时候，一直表现得很大方。不管给他们什么，我都没有心疼过，我都是很开心地给他们的。但现在他们居然责备起我来了。安迪，你是用不着费神了，你已经死了，安迪。"

"爹啊。爹啊。"

"死了比活着好啊，上帝他老人家知道的。"

他拿着钱走了。

开 什

那时候，我们停在原地借铁锹，听到有留声机的声音从房里传出来。后来，我们用完了铁锹，爹说："我该把它们还回去了。"

他又返回了那所房子那里。朱埃尔说："我们应该送开什去看彼保第大夫。"

爹说："还铁锹连一分钟都用不了。"他爬下车。这会儿又从房里传出了音乐声。

朱埃尔说："叫瓦塔曼去还铁锹吧。他做这件事只需要一半时间就好了。或者我去——"

爹说："既然是我借的，那就由我去还好了。"

于是，我们就待在大车上，等他回来。这时，音乐声又停止了。我暗想，家里没留声机未尝不是一件好事。如果有音乐声一直环绕在我耳边，只怕我就没心思干活了。按理说，欣赏音乐是一种巨大的享受。举个例子，晚上某人疲倦地返回家中，在歇息的时候，最舒服的莫过于听点音乐了。有一种留声机，关掉以后就跟旅行箱差不多，提手之类的东西一应俱全，你可以非常方便地带着它到任何地方去。我曾亲眼见到过。

朱埃尔说："你说他在那里做什么呀？这么长时间，都够我还十几次铁锹了。"

我说："你也知道，他的手脚可不比你的那么利索，就让他慢悠悠地还呗。"

"既然是这样，他为什么不叫我去还呢？我们要想明天启程回去，今天一定要去大夫那里治治你的腿。"

我说："我们有大把时间呢。那东西如果用分期付款的方式买，不知道要花多少钱。"

朱埃尔说："分期付款的方式？可是你有钱吗？"

我说："想要的话总会想到法子的。我想，苏拉特那部留声机我用五块钱应该能买下来。"

说到这儿，爹回来了，跟着我们便去了彼保第大夫那里。在彼保第大夫家，爹说要去一趟理发店，把脸刮干净。当晚，他又说要出去一下，办点事。说这话时，他并没有朝我们看。他用水弄湿了头发，梳理得油光水滑的，还在身上喷了香水，味道闻起来蛮不错。我叫他尽管去好了。就拿我来说，我还想多听一阵子音乐呢。

第二天清晨，他又出门了。随后，他回来跟我们说，就快要出发了，让我们先把车套到牲口身上，他会来跟我们会合的。

他们几个过去套车的时候，他跟我说："你身上应该没钱了吧。"

我说："彼保第拿了些钱给我，用来付旅店的房钱，正好不多不少。我们应该没什么地方需要用钱了吧？"

爹说："没错，没错。我们没什么地方需要用钱了。"说这话的时候，他站在原地，没有朝我看。

我说："如果还要用钱，彼保第应该能……"

他说："用不着了，我们没什么地方需要用钱了。你们去街道拐角那边，我会到那里跟你们会合的。"

朱埃尔把车套好了，过来接我上车。他们在大车上弄了个铺盖，叫我躺在上头。大伙儿赶着车，从广场上横穿过去，抵达了街道拐角。爹叫我们在这里等他，我们便在车里等着他，德威·特尔和瓦塔曼吃起了香蕉。就在这时，他们在街道上现身了，朝我们这边走过来。爹的神情跟从前做了惹妈生气的事时没什么两样，理不直气不壮，却又努力装出很强硬的样子。他手上还拿着个小旅行箱。朱埃尔说："那是什么人？"

我们随即才看清楚，并非是那个旅行箱使他看上去迥异平常，真正的原因是他那张脸。朱埃尔又说话了："他装了假牙。"

的确。他因此长高了一英尺，脑袋高高扬起，骄傲得很。随后我们发现，有个手拿旅行箱的女人跟在他身后。那女人长得好像一只鸭子，打扮得很好看，还长着一对金鱼眼，这双眼瞪起来时，简直能把想说话的男人吓得不敢说话了，这让她看上去很不好惹。我们在车上呆呆地朝他们行注目礼。德威·特尔和瓦塔曼的香蕉吃到一半就张着半张嘴停下来了，手里还拿着剩下的一半。那女人从爹身后走出来，像反击那些注视着她的男人一样，神态自若地瞧着我们。然后，我清清楚楚地看到，她提着的不是旅行箱，而是那种体积小、方便携带的留声机。那部关起来的留声机跟我想的一模一样，密不透风，小巧精细，简直跟一幅画差不多。此后，我们每收到一张邮购过来的新唱片，都会在屋里坐着欣赏，屋外还是冬天。每到这个时候，我都会替特尔感到十分惋惜，这份欢乐他无缘得享。但说不定这对他来说是一件好事。无论是这个世界还是这种生活，都不属于他。

爹说："这是开什、朱埃尔、瓦塔曼和德威·特尔。"他依旧没有勇气直视我们，但他装了假牙，其他东西也都不缺了，看上去别提有多骄傲了。他跟我们说："这是本德仑太太。"